キャリー
凄腕《すごうで》のAランク冒険者。
女子力が抜群《ばつぐん》に高い
おじさん。
ココ
Bランク冒険者の犬獣
卓越《たくえつ》した剣の腕
マアロ
食いしん坊なエルフの女の子。
回復魔法が得意な神官。

一章　貴族になりませんか

石川良一《いしかわりょういち》――二十三歳独身《どくしん》。

日本で父親から引き継《つ》いだ電気工事店を営《いとな》んでいた彼は、不思議なサイトを閲覧《えつらん》したことをきっかけに、スターリアと呼ばれる異世界に転移した。

現在の肩書きは……一応、冒険者である。

彼は異世界転移の定番であるドラゴンの討伐《とうばつ》をすでに成《な》し遂《と》げていた。

この功績《こうせき》を評価され、彼には近々名誉《めいよ》貴族の爵位《しゃくい》が授与《じゅよ》される予定だ。

メラサル島に突如《とつじょ》現れた黒いドラゴンは、良一達が生活の拠点《きょてん》にしていたイーアス村を含《ふく》む島の各所に大きな被害をもたらし、村人達は今も森の奥の遺跡群《いせきぐん》で避難《ひなん》生活を送っている。

しかし、良一達の活躍《かつやく》によって元凶《げんきょう》のドラゴンが討伐され、事態が収束《しゅうそく》したため、みんな村へと帰る準備を進めているところだ。

「良一兄さん、騎士《きし》の人が迎《むか》えに来ました」

青い髪の少女の声に応《こた》え、良一が立ち上がる。

「ありがとうメア、すぐ行くよ」

メアは良一が異世界に来てから家族になった少女の一人だ。両親を亡《な》くして生活に困っていたところを助けた縁《えん》で、妹のモア共々彼が引き取り、一緒に生活している。

「石川良一様、お迎えに上がらせていただきました」

「ユリウスさん、公都までよろしくお願いします」

騎士ユリウスは、良一と一緒にドラゴンを討伐した騎士団の一員で、ドラゴン討伐隊の団長であるグスタール将軍の腹心《ふくしん》の部下でもある。

良一達はこれからユリウスらに護衛《ごえい》されながら、メラサル島における最大の都市である公都グレヴァールへと向かうことになっていた。

「事前の打ち合わせどおり、同行されるのは、妹君《いもうとぎみ》のメア様とモア様、ドラゴン討伐の功労者《こうろうしゃ》、ココ様　それに……エルフの神官のマアロ様の四名ですね？」

「はい、そうです」

「メア様以外の方は外に出かけられているのですか？」

「良一兄さん、モアは友達に挨拶《あいさつ》に行くって言って、ココさん達と出かけちゃいました。私、探《さが》してきますね」

メアは慌《あわ》てて妹を探しに飛び出していく。

「ちょっと待って、俺も一緒に行くよ。すみません、ユリウスさん。すぐに呼んできます」

「いえいえ、急ぎの旅ではありませんので、ゆっくり挨拶を済ませてください」

良一はユリウスに一言断《ことわ》りを入れて、メアと一緒にモア達を探しに出かけることにした。


「モアちゃん、また遊ぼうね」

「うん、いっぱい遊ぼうね」

遺跡群の奥からモアの元気な声が聞こえる。

良一達が足を向けると、そこには同い年くらいの女の子達と楽しそうに話すモアと、付近の木陰《こかげ》からその様子を見守る女性が二人いた。

腰《こし》に片刃の刀を下げ、黒く長い髪から犬耳が覗《のぞ》く美女がココ。金髪に碧眼《へきがん》で小柄《こがら》なエルフがマアロである。

「良一兄ちゃん！」

友達と笑いあっていたモアが、歩いてきた良一とメアに気づいて駆《か》け寄る。

「友達とは挨拶できたのか？」

「ちゃんとみんなに挨拶してきたよ」

明るい笑顔で話してくるモアの青い髪を軽く撫《な》で、良一はココとマアロに迎えが来たと伝えた。

「騎士の方がもうお見えなんですね」

「良一、ドーナツ」

話の流れを無視して自分の欲望を口にするマアロに、良一は苦笑《くしょう》を禁じ得なかった。

ちょうど良一達が合流したところに、イーアス村の村長が歩いてきた。

「石川君、どうやらもう公都に向かうらしいな。明日、ここに避難している村民全員で、イーアス村に戻ろうと思っている。村は半壊《はんかい》してしまったが、君のおかげで村民に犠牲《ぎせい》を出さずに済んだ。改めて礼を言うよ」

「いえ、当然のことをしたまでです。皆さんにもよろしくお伝えください」

一通り顔見知りに挨拶を済ませてユリウスのもとへ帰ろうとすると、モアが良一の袖《そで》を引っ張った。

「良一兄ちゃん、〝みっちゃん〟の所に行ってバイバイしなきゃ」

「それもそうだな、みんなで行くか」

数分歩いて、良一が建《た》て直した倉庫の一室に行くと、ディスプレイが自動で起動し、モアが命名した人格保持型ＡＩ〝みっちゃん〟が挨拶をしてきた。

この遺跡は魔導甲機《まとうこうき》と呼ばれるロボットのテスト施設《しせつ》だった場所で、こうした〝魔素《まそ》〟

を動力源とした機械装置——魔導機《まどうき》、あるいは魔道具と呼ばれる物が残されている。

「おはようございます。ご用件をお伺《うかが》いします」

「みっちゃん、バイバイしにきたの」

「そうですか、寂《さび》しくなります。是非《ぜひ》またお越しください」

コンピュータながらに見事な社交辞令《しゃこうじれい》を口にしたみっちゃんが、さらに続ける。

「皆様の手首に装着されているデバイスにOSを登録できますが、いかがなさいますか？」

言葉の意味が理解できずにポカンとしている一同に代わり、良一が尋《たず》ねる。

「それは、どんなOSなの？　たとえば、みっちゃんとか？」

「はい。何種類かありますが、私もインストールすることが可能です」

「そうか、なら全員のデバイスにみっちゃんをインストールしてくれ」

「かしこまりました。インストールを開始します。終了予定時間は二分後です」

あっという間にインストールが終わり、良一達が身につけている腕時計型デバイスにディスプレイと同じみっちゃんの顔が映し出され、みんなが驚《おどろ》きの声を上げた。

良一のデバイスからも、みっちゃんが音声で説明をはじめた。

「デバイスとの同期が完了しました。マスターデータはこの建造物の魔導機器ですので、通信は衛星を介《かい》して行います。ただ、今の通信状況は衛星に接続できないため、スタンドアローン状態です」

「このデバイスのことを何も知らないんだけど、何ができるの」

良一はこの遺跡で発見した腕時計型デバイスについて、改めて説明を求めた。

「本デバイス、携帯型《けいたいがた》マルチサポートデバイスは、通話機能、GPS機能、カメラ機能等、様々な機能を備《そな》えています」

「まるで携帯電話だな。衛星と接続が切れた状態だと、通話機能って使用できないのかな?」

「いえ、魔素がある場所ならば、デバイス間の距離《きょり》が五キロメートル以内に限って直接通話可能です」

「じゃあ、試《ため》しにココのデバイスに通話したいんだけど」

「かしこまりました。通話を開始します」

すると、ココのデバイスから甲高《かんだか》い呼び出し音が流れた。

初めて聞く不思議な音色《ねいろ》に、みんなが慌てふためいているのを見て苦笑しながら、良一はココにデバイスをタッチするように促《うなが》す。

すると、良一のデバイスの画面にココの驚き顔が映し出された。

良一は試しに倉庫から出て通話してみたが、ノイズもなくハッキリとした会話ができた。

「その他の機能も、通信が必要な機能には制限がかかりますが、OSをインストールしたことにより、スタンドアローンで使用可能になりました」

「そうか。不明点があったら聞くから、またその時に詳《くわ》しい説明をしてくれ」

良一は機器の電源を落とし、互いに通話をしてはしゃいでいる四人を呼びに戻った。

「おーい、ユリウスさんを待たせているんだ。遊ぶなら後にしようか」

「は〜い」

手首のデバイスをあれこれ触《さわ》り続ける四人を急《せ》かし、良一はユリウスが待つ仮設住居に戻ったのだった。

◆◆◆

「それじゃあギオ師匠《ししょう》、またしばらく旅に出ます」

「ドラゴン騒《さわ》ぎが収まって、今度は公都とは……やれやれ、忙しいな、良一。まあ、若くて力もあるんだ、心配はないか。思う存分経験を積《つ》みな」

「ギオ師匠には、木こりのことをまだまだ教わっている最中だったのに、すみません」

「基本はもう教えてある。後は数をこなして修業《しゅぎょう》だな」

良一は公都に行った後、しばらくイーアス村には戻らず、他の町を見て歩くことにしており、ギオ達もそれは知っていた。

「いつでも遊びに来い。妹達も含めて歓迎するからよ」

イーアス村で定宿《じょうやど》にしていた〝森の泉亭〟の店主や看板《かんばん》娘のマリーも、良一の見送りに来ていた。

「また必ず泊まりに来てね！　部屋を空《あ》けて待ってるから」

「みんな、ありがとう。それでは、行ってきます」

湿《しめ》っぽい別れの挨拶ではなく、気さくな言葉を背に受け、良一達を乗せた馬車は動きはじめた。

馬車は一路《いちろ》、イーアス村とドワーフの里との間にあるドラゴン討伐軍の宿営地《しゅくえいち》を目指す。そこで討伐軍と合流し、公都へと向かう予定だ。

公都に到着した後はホーレンス公爵主催《こうしゃくしゅさい》の名誉騎士爵位の授与式、さらに祝勝《しゅくしょう》式典が待っているらしい。

そんな説明を受けながら移動を続けることしばらく。日が暮れる頃に今日の野営地に到着した。

「討伐軍のキャンプまではまだかかります。今日はここで野営をしなければならないのですが、荷物の関係上、石川様達には三人用のテントを二つしかご用意できませんでした。どなたが使われるかは、そちらでお決めください」

ユリウスは部下と協力して見事な手際《てぎわ》でテントを二つ建てた。

「ココ姉ちゃんと一緒に寝る」

「私も、ココ姉さんと一緒がいいです」

「分かった。二人とも一緒に寝よ」

ココは授爵式《じゅしゃくしき》の後に故郷に戻る予定だと聞き、このところメアとモアは彼女にベッタリだ。

「じゃあ、俺はマアロと一緒のテントか」

「え、何するつもり？」

わざとらしく自身の体を抱《だ》きしめながら体をくねらせるマアロを見て、良一がため息をこぼす。

「はいはい、マアロの魅力《みりょく》にメロメロだよ」

「心がこもってない」

いい加減《かげん》な返事をしてさっさとテントに向かう良一の背中を、マアロが不満げにポスンと殴《なぐ》った。

「マアロは神官様だろ、神様に身も心も捧《ささ》げているんじゃないのか？」

「私が信仰しているのは水の属性神ウンディーレ様。ウンディーレ様は女神《めがみ》だから……」

「だから、なんだよ」

「教えない」

からかいすぎたせいか、マアロは頰《ほお》を膨《ふく》らませて良一よりも先に立って歩く。

しかし、不意に立ち止まると、彼女は一層不機嫌《ふきげん》な顔で振り向いた。

「ここは後ろから抱きしめて、謝《あやま》るところ」

「なんでそうなる……」

少女マンガのような展開を期待するマアロを軽く流して、良一は靴《くつ》を脱《ぬ》ぎ、自分達に割り当てられたテントに入り込んだ。

「軍人さんが使うテントだからか、三人用といっても、結構大きいな」

「本当に大きい」

寝転ぶ良一のすぐ隣《となり》に、マアロも転がり込んできた。

「少し近いぞ。これだけ大きいテントなら、お前はメア達のテントに行ってもいいんじゃないか？」

「三人で楽しく過ごさせたい」

「そうは言ってもなあ」

「私も楽しい」

マアロは寝転んだまま体を回転させて、良一に体を寄せる。外見的には幼いマアロに欲情する良一ではないが、美少女が側《そば》にいて嬉《うれ》しくないわけではない。

「あー!? 良一兄ちゃんとマアロちゃんがくっついてる！　モアもー‼」

突然、良一達のテントに現れたモアが、靴を脱ぎ捨てて良一の体に飛び込んで……馬乗りになった。

「良一兄さん。マアロさんと何をしているんですか。わ、わたしもします」

普段は窘《たしな》める側のメアだが、珍《めずら》しくマアロと反対側に寝っ転がってくっついてきた。

良一の両隣《りょうどなり》にマアロとメア、良一の腹の上にモアと、突如発生したおしくらまんじゅう状態を見て、テントの入り口から中を窺《うかが》うココが呟《つぶや》く。

「良一さん。私、三人を良一さんのもとに残して離《はな》れるのが不安になってきました」

「いやいや、心配するようなことは何もないから」

少女達にもみくちゃにされながら言っても、まるで説得力はなかった。


野営地での一泊は賑《にぎ》やかに終わり、翌日の昼前にはグスタール将軍率《ひき》いるドラゴン討伐軍のキャンプ地にたどり着いた。

挨拶をするために五人で指揮所に向かうと、書類を読んでいたグスタール将軍が立ち上がって出迎えた。

「久しぶりだね、石川君。遠路《えんろ》ようこそ。君達の公都までの安全は、我々が保障しよう」

「グスタール将軍、公都までの旅に同行させていただき、ありがとうございます」

「いやいや、ドラゴン討伐の功労者を公都に送り届けるのも、我《わ》が討伐軍の任務の一つだよ」

　グスタール将軍は良一の隣に緊張《きんちょう》の面持《おもも》ちで立つメアとモアに目を向けた。

「こんにちは、お嬢《じょう》さん」

「こ、こんにちは、石川メアです」

「石川モアです！」

　メアはつっかえながら、モアは片手を上げて元気よく、将軍に挨拶をした。

「カレスライア王国騎士団遠方将軍のグスタールだ。石川君の妹さん達は実に可愛《かわい》らしいな」

「ありがとうございます。自慢の妹です」

「そうか。私にも王都に孫《まご》がいてね。将軍として王国中を回っているとなかなか顔を見ることができないんだが、お嬢さん達に負けず劣《おと》らず可愛いんだ、うちの娘《こ》も」

　傷のある厳《いか》つい顔を緩《ゆる》めて、軍人ではなく祖父としての一面を見せるグスタール将軍は、同席している部下に促されて、話を進める。

「……ところで、石川君。聞くところによると、君はとても美味《おい》しい、異国の——誰も味わったことがない料理を作るそうじゃないか」

「そんな大袈裟《おおげさ》な。故郷の庶民《しょみん》が食べる簡単な料理しか作りませんよ」

「いやいや、是非とも何か料理を作ってはもらえないか？　勿論《もちろん》、相応の謝礼金《しゃれいきん》は出す。

食材も、ここにあるものならいくらでも使ってもらって構わない。どうかな、作ってはもらえないか？」

言葉の上ではお願いだが、強面《こわもて》の将軍に頼《たの》まれて断るのは難《むずか》しい。おまけに、周りでは美味《うま》い飯と聞いて騎士達が目を輝かせているのだから、拒否権《きょひけん》はないに等しい。

「では、僭越《せんえつ》ながら、何か作らせていただきます」

「そうか、引き受けてくれるか。では、この男が討伐軍の食事の責任者だ。食材の準備や調理場については、全《すべ》て彼に聞いてくれ」

グスタール将軍はそう言い残すと、書類仕事の残務《ざんむ》処理のために指揮所から出ていった。

「初めまして、討伐軍の食事を任《まか》されておりますワンドです。よろしくお願いいたします」

その場に残ったワンドが一礼し、互いに自己紹介をする。

「石川良一です。なんだかいきなりのことですけど、こちらこそお願いします」

「では、早速食材を保管してある場所に行きましょう」

メアやモアも手伝いたがったが、今回は普段と勝手が違うので、待っているように言った。

ワンドに案内されて着いた場所には、食材を満載《まんさい》した荷馬車が停まっていた。

「食材はこちらの馬車に積み込んであるものをなんでも使ってください」

「大量ですね」

「ええ、二百人以上の兵士を食べさせないといけませんから」

馬車の中を見てみると、穀物《こくもつ》の袋《ふくろ》や保存用のパン、肉類、ジャガイモやニンジンにタマネギにキャベツといった野菜が置いてあった。野菜は地球のものと比べると品質のばらつきが大きいが、調理に問題はなさそうだ。一方、肉はモンスターを解体したものがほとんどだった。

「それで、今日はどんな料理を教えてくれるのですか？」

「そうですね……鶏肉《とりにく》はあるみたいだから……」

将軍だけに料理を作るなら凝《こ》った料理を考えるところだが、先ほど周りにいた騎士達の顔を思い出す限り、彼らの分も作っておかないと、恨《うら》みを買いそうで怖《こわ》い。

「じゃあ、唐揚《からあ》げと野菜の素揚《すあ》げにしようかなと」

「唐揚げ、ですか？」

「鶏肉を油で揚げる料理です」

「油で⁉ それはまた珍しい調理法ですね。まずは何をお手伝いいたしましょう」

「キャベツを千切りにしてもらえますか」

「かしこまりました」

とにかく量を作ろうと、ワンドの部下に手伝ってもらいながら鶏肉を一口大に切り分け、塩、胡椒《こしょう》とおろしニンニクで下拵《したごしら》えをした後、唐揚げ粉をまぶして、油で揚げていく。

肉と野菜は提供されたものだが、調味料や油、小麦粉、片栗粉《かたくりこ》などは良一が提供した。

クッキングシートの上に次々と並んでいく揚げたての唐揚げを一つ手に取り、ワンドは試食と称《しょう》して口に運ぶ。

「この唐揚げと呼ばれる料理は実に美味しいですね。何より、食感が良い」

熱そうに頬張《ほおば》りながら、惜《お》しみない称賛《しょうさん》を送るワンド。

「調理と成長の神ケレス様の加護《かご》を受けている私は、これまで様々な料理を作り、食《しょく》してきましたが、単純に見えてこれほどまでに奥深い味わいの料理を知ることができて、幸せです。この唐揚げならば、グスタール将軍も喜ばれるでしょう」

大量の唐揚げを揚げ終わったところで、ジャガイモやタマネギをスライスしたものを素揚げして、キャベツと一緒に付け合わせに添《そ》えて、料理は完成した。

グスタール将軍をはじめとする高官達が食事をとる天幕《てんまく》に、良一達五人も招待されていた。

「これが石川君の故郷の唐揚げという料理か。ワンドが太鼓判《たいこばん》を押すだけあって、確かに良い匂《にお》いだ。では早速」

将軍は挨拶もそこそこに揚げたての唐揚げを一口で食べる。

「これは美味い。王城で出される格式高い料理よりも好きな味だ。ついつい酒が進む」

唐揚げはグスタール将軍にも好評なようだ。

良一の父親は生前、脂《あぶら》っこい料理は胃がもたれると言ってあまり食べなかったのだが、ここに集まった者達はやはり軍人だからか、父親と同じかそれ以上の歳《とし》に見えるのに、次々と唐揚げを平《たい》らげていく。

「良一兄ちゃん、唐揚げ美味しいね」

「熱いですけど、とても美味しいです」

笑顔で頬張るモアとメアを見て、やはり唐揚げは子供の好物だな、と良一は頬を綻《ほころ》ばせた。

ココとマアロも将軍の前とあってがっつきはしていないものの、上品な所作《しょさ》で――それでも将軍達よりも速いペースで――唐揚げを口に運んでいる。

「軍務《ぐんむ》に当たっていると楽しみが少なくてな。食事にはこだわっているのだが、これはワンドの料理に匹敵《ひってき》する美味《うま》さ。まさしく絶品《ぜっぴん》だ」

大好評のうちに夕食は終わり、食後のお茶を嗜《たしな》みながら、話題は明日からの予定に変わった。

「明日から公都グレヴァールに向かうわけだが……コロック騎士隊長、このキャンプ地からだと、公都までおよそ五日といったところか?」

「その通りです、将軍。ドワスの町から先は街道が整備《せいび》されているため、飛ばせば四日で行けますが、ドラゴン討伐の報《しら》せは早馬《はやうま》を出してあるので、急ぐ必要はありません」

グスタール将軍に意見を求められたのは、公都グレヴァールのホーレンス公爵麾下《きか》の騎士隊長三人のうちの一人らしい。外見は三十代で、若いながらもその腕を買われているのが窺える。

「石川君達はこちらの馬車で公都まで送り届けるから、安心してもらいたい」

「ありがとうございます」

「良一さん、そろそろ……」

会話を続ける良一に、ココが小声で囁《ささや》き、視線でモア達を示した。

腹が膨れた上にお偉方《えらがた》との会食で若干《じゃっかん》緊張していたのもあってか、メアとモアはすでに目がトロンとしていて、必死で眠気《ねむけ》を堪《こら》えている様子だ。

「将軍、明日も早いので、そろそろ失礼させていただこうかと」

「おお、すまない。つい長いこと引き留《と》めてしまった。それでは、また明朝としよう」

グスタール将軍もモア達の様子を察して、場はお開きになった。

テントを出てココ達と別れた良一の背中に、マアロが声をかける。

「良一、今夜も二人だけだね……げぷ」

「そうだな、唐揚げの食いすぎでお腹《なか》をポッコリさせながら言われても台無《だいな》しだけどな」

艶《つや》のある声を出そうとしたマアロだったが、食べすぎで苦しそうな声になり、色々と残念としか言いようがなかった。

「ほら、胃薬やるから呑《の》んでおけ」

「ありがとう、良一」

当然、そんなマアロと艶っぽい話があるわけもなく、夜は更《ふ》けていくのだった。

ユリウスが御者《ぎょしゃ》を務《つと》める馬車に揺《ゆ》られ、良一達はすることもなく公都までの旅を送った。

馬車の中には毛布やクッションを敷《し》き詰《つ》めるなどして走行時の揺れを抑《おさ》えてあるので、比較的快適だ。

魔法書を読んだりモアに絵本を読んであげたりして過ごしていると、あっという間に農業都市エラルまでたどり着いた。

エラルで一泊するということで、良一達にはテントではなく、宿の部屋が割り当てられている。

夕食を食べ終えた良一が部屋でくつろいでいると、扉がノックされた。

「石川さん、お久しぶりです」

訪ねてきたのは、ドラゴン退治のもう一人の功労者でもある、元Aランク冒険者のマセキスだった。

「マセキスさん、お久しぶりです」

「お元気そうで何よりです。ドラゴン討伐後は男爵様《だんしゃくさま》の軍の問題でゴタゴタしていて、しばらく手が離せませんでした」

「こちらこそ、お礼を言わなきゃと思っていました。ドラゴンを倒しきれずに危《あぶ》なかったところにマセキスさんが来てくれて、助かりました」

挨拶もそこそこに、マセキスは話をはじめる。

「ところで、石川さんは公都で授爵《じゅしゃく》が行われた後はどうするのですか？」

「一緒に行動しているココが地元に帰るので、貿易港ケルクまで見送りに行こうと」

「なるほど。ガベルディアス殿《どの》は地元へ……。石川さん、男爵様の家臣《かしん》になりませんか？　授爵されればあなたは名誉騎士爵の身分。男爵様はその能力と加護を高く評価なさっています。是非とも雇《やと》いたいと打診《だしん》するように言われています」

「男爵様の家臣ですか。ありがたい話ですけれども……ピンと来ませんね」

「そうですか……。いや、無理強《むりじ》いするつもりはありません」

マセキスはそう言うと、眼鏡《めがね》の奥で穏《おだ》やかに目を細めた。

「石川さんのような方には権謀渦巻《けんぼううずま》く貴族社会は合いませんしね。あなたほどの実力があれば、権力者に取り入るのは容易《ようい》なのに、今まで噂《うわさ》にすらならなかった。私も男爵様と一緒に公都で行われるドラゴン討伐祝勝会に参加するので、また会いましょう」

マセキスはそう言って去っていった。

「貴族の生活なんて想像できないな……」

部屋に残った良一は、そんなことを考えているうちに、いつの間にか眠《ねむ》っていたのだった。

◆◆◆

「良一兄ちゃん、あれがグレヴァール？」

いよいよ公都グレヴァールが間近《まぢか》に迫《せま》り、モアは馬車から身を乗り出して前方を窺う。

「そうみたいだな。想像していたよりも大きいし、立派な壁《かべ》だ」

一行は予定通りに、公都グレヴァールにたどり着いた。

公都は町全体を堅固《けんご》な石の壁で囲まれているが、壁よりも高い建物も多く、大きなヨーロッパ風の立派なお城が見えている。

「良一兄さん、着いたら色々見て回りたいです。ココ姉さんも、一緒が良いです」

「ええ、私も急いで地元に帰るわけではないから、少し観光してから港に行きましょう」

そんな会話に口を挟《はさ》んだマアロは……

「美味しいもの食べたい」

全くブレていなかった。

門をくぐると、良一達を乗せた馬車は討伐隊と別れて、大通りに面した宿に横付けした。

盛《も》り上がる良一達を御者台からユリウスが振り返る。

「授爵式は明後日《あさって》行われます。グスタール将軍から礼装《れいそう》のご用意がなければ店を紹介するように言われておりますが、皆様は礼装をお持ちですか？」

「いえ、持っていないので、是非紹介してもらいたいです」

「そうですか、では明朝お迎えに上がります。今晩はこちらの宿でお休みください。授爵式までの宿泊はこちらの宿を手配してあります。代金も王国騎士団が支払い済みですので、旅の疲《つか》れを癒《い》やしてください」

「送迎ありがとうございました」

「ばいばーい」

ユリウスが去り、改めて宿の建物を見上げると、貴族の屋敷ではないかというくらいの立派な外観《がいかん》で、入るのがはばかられる。

「本当にここが宿なのか？」

「この宿は公都でも指折りの名宿ですよ。そこにタダで泊まれるなんて、良いんでしょうか？」

恐縮《きょうしゅく》する良一とココを横目に、子供達――と、マアロはさっさと中に入っていく。

「良一兄さん、絨毯《じゅうたん》が凄《すご》くフカフカしていて、転んじゃいそうです」

「わー、広くてキラキラしてるね、お姉ちゃん」

「お腹空《す》いた」

豪華《ごうか》な宿に入ると、キッチリとした服装に身を包んだ青年が出迎えてくれた。

「ようこそ、石川様。当宿の受付をしております、イヌヤと申します」

「しばらくお世話になります」

「当宿は、貴族の方々にも利用していただいております。ご要望があれば、私どもになんなりとお申し付けください」

メイドの女性に案内されて通された部屋は、スイートルームといった趣《おもむ》きで、部屋の数も多く、寝室が二部屋に、大きなソファがある談話室《だんわしつ》まで備えられていた。

内装も豪華そのもので、窓にはバルコニーがあって公都の景色を一望でき、ところどころに飾《かざ》られた絵画《かいが》や生花が彩《いろど》りを添えている。

「うわわわ、体が沈《しず》みます」

おそるおそるソファに座ったメアだったが、お尻《しり》がググッと沈み込んでワタワタしている。

モアもそれに触発《しょくはつ》されたのか、ソファに体を埋《うず》めてはしゃぎはじめた。

豪華な客室の中でワイワイと楽しんでいると、扉がノックされた。

「失礼します。お食事の用意ができましたが、客室で召《め》し上がりますか？　それとも、食堂になさいますか？」

「騒がしいと他のお客さんの迷惑《めいわく》になるんで、客室で食べます」

「左様《さよう》ですか。では、準備に入らせていただきます」

運び込まれた料理はどれも盛り付けが美しく、味も素晴らしかったが、一皿あたりの量が少なく、良一達の胃袋を満たすにはお上品すぎた。

良一もメアとモアも、コース料理というものに馴《な》れていないため、ナイフとフォークを上手《うま》く使えなかったが、ココとマアロに教わりながら食べていた。

「美味しいけど、良一兄ちゃんの料理の方が好き」

「同意する。これじゃあ足《た》りない」

比べるものではないとはいえ、モアとマアロに評価されて、良一も満更《まんざら》ではなかった。

「あ、明日は俺とココの礼服を買いに行くけど、その時にメアとモアの礼服も買ってあげるからな」

「良一、私は？」

「ついでにマアロもな」

翌朝、朝食を終えて少しすると、ユリウスが宿の前に迎えに来た。

「おはようございます。では、お店へご案内いたします。どうぞ馬車にお乗りください」

良一達は早速馬車に乗り込んで、礼服を取り扱《あつか》う店へと向かった。

ユリウスは部下に御者を任せているので、彼が自《みずか》ら良一達を店の中に案内した。

「どうぞこちらへ。こちらが、公都でも大手の服飾《ふくしょく》を取り扱う店です」

「いらっしゃいませ、これはユリウス様」

「主人、昨日申し付けた授爵式に着る礼服を、こちらの二人に見繕《みつくろ》ってくれ」

「かしこまりました。どうぞ奥へ」

良一は既製品《きせいひん》を買うのかと思ったが、大体の背幅《せはば》や肩幅が合うものを、本人のサイズに調整するそうだ。さすがに急ぎとあってあまりデザインは選べないが、サイズは豊富に用意されていた。

良一とココが採寸《さいすん》される横で、メアとモアとマアロが女性用ドレスを見てはしゃいでいる。

「採寸お疲れ様でした。本日の夕方には宿の方へお届けに参ります」

「ありがとうございます」

良一の採寸はすぐに終わったが、ココの方はまだ少しかかるらしい。

その待ち時間を利用して、良一はメア達のドレスを選ぶことにした。

「すみません。妹達のドレスもお願いしたいんですけど」

「妹様方は、これから大きくなられますので、大きめのドレスを選ばれた方が長くお使いいただけると思われますが、もし授爵式後の祝勝会に参加されるのでしたら、サイズを合わせたドレスの方がよろしいでしょう」

「そうですか。じゃあ、ピッタリのでお願いします」

「あちらに小さめのサイズのドレスがございますので、どうぞ」

「おーい、メア、モア、マアロ、こっちに来てくれ」

良一に呼ばれた三人は、キャッキャとはしゃぎながら色とりどりのドレスを手に鏡の前に立つ。

良一はどれが似合うか何度も尋ねられ、その度《たび》に良いと思う方を答える羽目《はめ》になった。

「良一兄ちゃん、これが一番可愛い」

「私はこのドレスがとても素敵《すてき》だと思います」

「これがいい」

三人がお気に入りのドレスを決め、一度試着することになった。

試着部屋から出てきた三人は、我先《われさき》にとドレス姿を良一に見せてくる。

「どうどう、良一兄ちゃん」

「似合いますか、良一兄さん」

「感想は？」

「ああ、三人とも似合っているよ。お姫様みたいだ」

良一が褒《ほ》めると、モアはその場でくるんと回ってスカートをなびかせ、メアは嬉しそうに両手を頬に当てて喜び、マアロはドヤ顔《がお》で笑う。

そんな中、採寸が終わったココが顔を出し、ドレス姿のメア達を見て歓声を上げた。

「お待たせしました。あら、三人ともとても似合ってる！　凄く可愛い」

五人で喋《しゃべ》っていると、店の隅《すみ》で待機していたユリウスが近づいてきた。

「石川様、仕立て直しが終わるまで時間があります。これからどうなさいますか？　宿に戻るなら馬車を出しますが」

「ありがとうございます。でも、少し五人で公都を見て回ろうかと」

「そうですか、では、授爵式の二時間前に宿までお迎えに上がらせていただきます」

そう言って、ユリウスは馬車で走り去った。

「さて、どこに行こうか」

「あっち」

店から出た良一達は、マアロに先導されながらとりあえず街中を進んでいた。

メア達のドレスは礼服と一緒に宿に届けてもらうことになっている。

しばらく公都の街並みを見ながら歩いていると、大きな白い石でできた神殿があった。

「ここは、前に聞いた公都の神殿か。風の属性神が祀《まつ》られているんだっけ？」

「そう、属性神の一柱、風の女神シルフィーナ様が祀られている」

マアロが胸の前で手を合わせて祈る仕草《しぐさ》をしながら教えてくれた。

「どうする、お祈りをしていくか？」

「うん」

モアがするというので五人で神殿に入ると、農業都市エラルにあった治水《ちすい》の神モンド神殿よりも人が多かった。しかし祝福《しゅくふく》を授《さず》ける神官が三人いるため、あまり長く待たずに済みそうだ。

「マアロは祝福を受けないのか？」

「私はウンディーレ様の神官。他の神の祝福は受けられない」

「そういうもんなのか」

「良一兄ちゃん、もうちょっとだよ」

神官見習いの少年に、祝福を受けないマアロを除《のぞ》いた四人分のお布施《ふせ》を払う。

順番に従《したが》って祝福を受けると、エラルの時と違って今度は良一だけが体に力が漲《みなぎ》るのを感じた。

どうやら良一以外の三人には加護が付かなかったらしい。

「今日はポカポカしなかった」

「私もです。しませんでした」

「二人とも、がっかりしないで。普通は加護なんて滅多《めった》につかないのよ」

残念がる姉妹を、ココが優しくなだめる。

後がつかえているので、列を離れて出口に向かおうとすると……

「石川さん、お久しぶりです。風の属性神の加護を得たようですね」

振り返ると、そこにはなんと、セールスマンに扮《ふん》して良一を異世界に導《みちび》いた〝神白《かみしろ》さん〟がいた。

もっとも、今はスーツ姿ではなく、他の神官らとよく似た服を纏《まと》っている。

「えっ、神白さん！　お久しぶりです」

意外な人物との再会に、良一の顔が綻ぶ。

「お元気そうで何よりです、石川さん」

「また会えるとは思っていませんでした」

「ここは石川さんが謁見《えっけん》した主神の従属神《じゅうぞくしん》の神殿ですから、こうして再び会えたのです」

良一が神白と喋っていると、マアロが強い力で良一の手を握《にぎ》ってアピールした。

「おう、どうしたマアロ？」

「あのお方は、三主神の一柱、ゼヴォス様の使徒《しと》であらせられるの？」

「ええ、そうですよ。そちらのハイエルフとエルフのハーフの娘は、神官ですか？」

神白が頷《うなず》くと、マアロはその場で跪《ひざまず》いて祈りをはじめた。

「水の属性神ウンディーレの神官マアロ・フルバティ・コーモラスと申します」

「主神ゼヴォスの第一使徒ミカエリアスです。清《きよ》らかな水の加護を持っていますね。そのまま精進《しょうじん》を重《かさ》ね、務めを果たしてください」

「使徒様のお言葉、ありがたく頂戴《ちょうだい》いたします」

突然始まったやり取りに、良一はメアとモアと一緒にポカーンとしているが、ココは神白がミカエリアスと名乗ると、マアロと同じように跪いた。

「今日は神白として――石川さんの知人として顕現《けんげん》したのです。そんなに畏《かしこ》まらないでください」

神白はそう言うが、マアロとココは頑《かたく》なに顔を上げないので、諦《あきら》めて良一と会話を続けた。

「神白さんは、別の名前もお持ちなんですね」

「ええ、まあどちらも私の名前なので、お好きな方で呼んでください。今日は石川さんの気配を感じたので、顔を見に来たんです。お元気そうで安心しました。どうですか、こちらの世界は？」

「はい、可愛い二人の妹もできて、毎日が楽しいです」

「そうですか。メアさんにモアさん、あなた方も幸せですか？」

「うん、良一兄ちゃんと暮らせて、すっごく楽しい」

「私も良一兄さんの妹になれて、本当に幸せです」

二人の返事を聞いて神白は笑顔で頷いた。

「二人とも良い子ですね。良く学び、健《すこ》やかに成長してください。では、こうして会えた記念というのも変ですが、私から皆さんに試練を与えましょう。もう一柱の神の加護を得てください。達成した暁《あかつき》には、アイテムボックスの能力を付与《ふよ》しましょう」

神白はそう言い残して、忽然《こつぜん》と姿を消した。

「二人とも、もう神白さんは帰ったよ」

しばらく経《た》って良一が声をかけると、ようやくマアロとココが立ち上がった。

「馴《な》れ馴れしすぎる」

マアロは少し力を込めて良一の太ももにパンチする。

「良一さん、まさか第一使徒のミカエリアス様とあんなに気軽に話す間柄《あいだがら》だったなんて、ドラゴンと遭遇《そうぐう》した以上の衝撃《しょうげき》です」

ココはすっかり気疲れしたのか、声に覇気《はき》がない。

「……そんなもんなのか？」

良一は実感が湧《わ》かなかったが、二人はもう疲れたと言って宿に帰りたがるくらいなので、相当な大事だったらしい。

「良一兄さん、さっき会った神白さんって、どんな人ですか?」

「そうだな、神白さんがいなかったら、俺はメアとモアに会うことはなかっただろうな」

「なら、今度会ったら、お礼を言いたいです」

「モアも!」

「そうだな、なら、神様の加護を得ないとな」

そうして一行は、しばらく公都を見て回りながら、歩いて宿屋に戻った。

◆◆◆

「さあ、今日は授爵式だ。きちんとしないとな」

翌日、良一は朝から気合い充分だったが、いざ準備を始めてみると、宿屋の使用人が何から何まで手伝ってくれ、礼服を着せたり、整髪料《せいはつりょう》や香水などもつけてくれたりして、身を任せるだけだった。

準備は三十分ほどで終わり、ココやメア達の支度《したく》が終わるのを待つだけだ。

宿屋のエントランスのソファで座って待っていると、昨日までとは違う白く綺麗《きれい》な鎧《よろい》を着たユリウスが来た。

「ガベルディアス様達の準備はまだのようですね?」

「メイドさん達がもうすぐ着付けが終わると言っていたので、それほどかからないかと」

ユリウスと話していると、奥から数人が歩く足音が聞こえてきた。

「良一兄ちゃん、見て見て！」

「モア、走るとドレスが汚《よご》れちゃう」

可愛らしいパステルカラーのドレスを着て、薄い口紅や化粧《けしょう》でおめかししたメアとモアがやってきた。

「二人とも、とても可愛いじゃないか。本当にお姫様みたいだ」

良一が褒めると、二人とも嬉しそうにポーズを取って、ドレスの後ろ姿を見せた。

「良一、お待たせ」

続いてやってきたマアロは、黒いドレスで金髪が良く映《は》える。子供らしい可愛さのメア達とは対照的にグッと大人っぽい雰囲気《ふんいき》があった。

「マアロも似合っているじゃないか」

「ありがとう」

しかし、良一の視線は彼女の奥から現れたココの姿に釘付《くぎづ》けになった。

「お待たせしました。このようなドレスは着慣れていないので……。似合いますか？」

黒髪を一つにまとめ、純白《じゅんぱく》のドレスに身を包んだココはまるで天使のようで、冒険者稼《か》業《ぎょう》で引き締《し》まった体のラインがところどころ強調されるデザインが、健康的な色香《いろか》を漂《ただよ》

わせる。

「ココ姉ちゃん、綺麗だね」

「ありがとうモアちゃん」

「いや、本当に綺麗だよ」

良一はなるべく平静を保ってそう言ったものの、化粧《けしょう》も相《あい》まって普段の見慣れたココとの違いに戸惑《とまど》い、変に意識しそうになって照《て》れ笑いを浮かべる。

「ありがとうございます。良一さんもお似合いですよ」

全員の準備もできたので、良一達はユリウスの馬車で公爵の城へと向かった。

「授爵式といっても、難しい作法はありません。公爵様が前に歩いて来られたら頭を下げて〝謹《つつし》んでお受けいたします〟と言うだけです」

「分かりました」

公爵城に近づくにしたがって良一とココの緊張が高まるのを察したユリウスが、授爵式での注意事項や立ち居振《だいふ》る舞《ま》いについて気軽な調子で話して、空気を和《やわ》らげようとした。

「すぐに終わりますから、緊張するのも少しの間ですよ」

公爵の城に着くと、たくさんの馬車が入り口の前に停まっていた。

礼服やドレス、式典用の金属鎧を着た人達が次々と城に入っていく。

「では、妹様方はこちらでお願いいたします」

公爵の城に入るとココと良一は別行動となり、式典の間は、女性兵士がメア達三人を見てくれることになった。

「では石川さん、ガベルディアスさん、こちらにどうぞ」

授爵式は城内の大ホールで行われるらしく、すでに人がたくさん集まっていた。

「間もなく式が始まりますので、こちらでお待ちください」

周りにいるのは初めて見る顔ばかりとあって、良一達はユリウスに案内された場所でおとなしく待つ。

「ギレール男爵がいますね、それにグスタール将軍も」

ココの言う通り、ホールの奥の壇上《だんじょう》にある公爵が座ると思《おぼ》しき椅子《いす》の近くに二人が立っていた。

しばらくして、公爵お抱《かか》えの楽隊による荘厳《そうごん》な演奏《えんそう》が鳴り響き、それを合図に式が始まった。

「これより、ドラゴン討伐の祝賀式《しゅくがしき》を行います。式の初めに、公爵様が入場いたします」

司会の者がそう言うと、ラッパの音とともに公爵が入場してきた。五十代くらいの男性で、立派な髭《ひげ》を生《は》やした貫禄《かんろく》のある人物だ。

「ドラゴン討伐、大義《たいぎ》であった」

公爵が会場を見回して労《ねぎら》いの言葉をかける。

グスタール将軍やギレール男爵をはじめ、周りの全員が頭を下げるのに倣《なら》って、良一とココも頭を下げた。

「それでは、ドラゴンの亡骸《なきがら》を皆の前に」

公爵の一声で、配下の者達がドラゴンの遺骸《いがい》を運び込む。

血や汚れなどは綺麗に整《とと》のえられたものの、その巨大さと獰猛《どうもう》な姿を初めて目《ま》の当たりにする参列者は、皆驚きを露《あら》わにする。ご婦人方の中には小さく悲鳴を上げた者もいた。

「驚かせて申し訳ない。しかし、このような恐ろしいドラゴンを討伐した討伐軍と、それを率いたグスタール将軍の栄誉《えいよ》を、改めて讃《たた》えたい」

公爵がそう言うと、大きな拍手《はくしゅ》が湧き起こった。

「グスタール将軍。貴君には、単竜討滅勲章《たんりゅうとうめつくんしょう》を授ける」

「謹んで頂戴いたします」

前に呼ばれたグスタール将軍に、公爵が勲章のメダルを授《さず》けた。

「次に、危険を顧《かえり》みずドラゴンが現れた報せを伝え、ドラゴン討伐にも寄与《きよ》した二人に、名誉騎士爵を授けたい」

公爵がそう言うと、良一とココは拍手で壇上に迎えられた。

「石川良一」

名前を呼ばれた良一は、公爵の前に進み出る。

「汝《なんじ》を名誉騎士爵として王に代わり爵位を授与する」

「謹んでお受けいたします」

良一がそう言って頭を下げると、一際《ひときわ》大きな拍手《はくしゅ》が湧き起こる。

同じ流れで、隣にいるココも爵位を授かった。

「これにて、ドラゴン討伐の功労者への勲章および爵位授与式を終了する」

案外あっという間に爵位授与式は終わり、公爵、男爵、続いてグスタール将軍も退場していく。

良一達も退場すべきか迷《まよ》っていたところ、文官の一人が声をかけてきた。

「石川様、ガベルディアス様、どうぞこちらにお越《こ》しください」

文官の後についていくと大ホールを出て、そのまま近くの談話室に通される。

中にはグスタール将軍、ギレール男爵、マセキス、ユリウスなど、見知った顔が何人もいた。

「授与式、ご苦労だった。これで君達もカレスライア王国の貴族になったわけだ。とはいえ、名誉騎士爵という肩書きは、このメラサル島だけでしか通じない。王都のあるカレスティア大陸、モトラ侯爵《こうしゃく》が治《おさ》めるフミレラ島、ケスロール伯爵《はくしゃく》が治めるキセロス島などでは、貴族と認められないから、そのつもりでいてくれ」

グスタール将軍は貴族制度に馴染《なじ》みがないであろう良一達に向けて名誉騎士爵の説明を

した。

「なるほど……」

「名誉騎士爵は、貴族になるための足掛かりでしかない。ここから功績を積み重ねれば、騎士爵になれるだろう」

グスタール将軍の話に合わせるようにギレール男爵も口を開く。

「私の家系も曽祖父《そうそふ》が名誉騎士爵を授かってから功績を重ね、父の代でエラルの領主になり、男爵位に叙《じょ》されたのだよ」

「そういうことだ。君達には是非とも名誉爵位ではない貴族になってもらいたい」

良一はなんと返事をすれば良いか分からず、ただ黙《だま》って一礼したのみだった。

「ドラゴンに立ち向かう強さがあり、神の加護も付いているとあっては、将軍が石川君達に期待するのも当然ですな。最近は王都の貴族が力をつけすぎている。島にいる私達は同じ爵位でも一つ下に見られて肩身が狭《せま》い。現状を打開《だかい》するには、島出身貴族の数を増やして発言力を強めるしかないのです。おっと、ついいらぬことを口走ってしまいました」

思わずこぼれた男爵の愚痴《ぐち》に、将軍は苦笑《にがわら》いする。

「こんな話は退屈だろう。別室を用意してあるから、晩餐《ばんさん》会まで妹君方とそちらで休んでいるといい」

「お気遣《きづか》いありがとうございます。それでは、失礼します」

退出する良一達の背中を見守りながら、将軍は深いため息を吐《つ》いた。

「騎士団に守られて安全な王都にいる貴族は、生きたモンスターなど見ることはない。そんな者達が毎年王国の軍事費を削《けず》り、浮いた予算はそれぞれのお抱えの商人に都合の良い政策《せいさく》に回そうとする。戦争こそ行われていないが、国境では小さな小競《こぜ》り合いが絶《た》えないというのに……。嘆《なげ》かわしいものだ」

ドラゴンという脅威《きょうい》を退《しりぞ》けたものの、彼らの間に漂う空気は決して明るいものではなかった。


「良一兄ちゃん、ココ姉ちゃん」

先ほどの文官に連《つ》れられて別室に入ると、メア、モア、マアロがくつろいでいた。

晩餐会までこの部屋で自由に過ごして良いのだそうだ。

「特に何を話したってわけでもないのに、お偉方と同席すると疲れますね。慣れないドレスを着ているせいかもしれませんが」

ココがソファに座りながら大きく伸《の》びをした。

「確かに。気分転換に、晩餐会までトランプでもしてようか」

良一がアイテムボックスからトランプを取り出すと、すぐにモアが飛びついた。

「ババ抜きやろう！」

メアとモアは文字を読めなかったが、近頃では簡単な文字や数字は読めるようになってきた。それもあってか、彼女達の中ではトランプで遊ぶのが最近のブームである。とはいえ、モアはまだ複雑《ふくざつ》なルールは覚えられないので、もっぱらババ抜きと神経衰弱《しんけいすいじゃく》ばかりだが。

五人がしばらくトランプで遊んでいると、不意に扉が開く小さな音が聞こえた。

わずかに開いた扉の隙間《すきま》から、モアと同い年くらいの金髪の女の子が興味津々《きょうみしんしん》の様子でこちらを覗き込んでいた。

着ているドレスは上等で、明らかにどこかの貴族の娘さんのようだ。

「どうしたの？　何か用？」

どうやらモア達の歓声が外まで漏《も》れ聞こえていて、それに興味を引かれてやって来たらしい。良一が話しかけると、女の子は部屋の中に入ってきた。

「何をやっているの？」

「ババ抜きっていうゲームをやっているんだよ」

「ババ抜き？」

「このカードで、手札に同じ数字のものが揃《そろ》ったら除いていって……最後に〝ババ〟を持っていた人が負けっていうゲームだよ。一緒にやってみる？」

良一が尋ねると、女の子はコクンと頷いた。

少女はキリカという名前らしく、ババ抜きのルールをすぐに覚えて、五人の中にすっかり馴染んでしまった。

「ねえモア、このカードを引いて」

「えー、キリカちゃん。さっきもそう言って、モアはババを引いちゃったんだよ」

「良一、お腹空《す》いた。ドーナツ出して」

モアとキリカの駆け引きの間、マアロが例のごとくドーナツを要求する。

「今ドーナツを食べたら、晩餐会で料理が食べられないだろう」

「大丈夫、一個……いや、二個。やっぱり、三個だけ」

「マアロはそう言って、一人で一箱全部食べるからダメだ」

「約束する。一箱全部食べない」

良一達の言い争《あらそ》いに含まれていた聞き慣れない単語に、キリカが興味を示した。

「モア、ドーナツって何？」

「とっても美味しい、穴の空《あ》いたお菓子《かし》だよ」

「そんなに美味しいの？」

「うん」

モアが笑顔で返すと、たちまちキリカが目を輝かせて良一の方を見た。

「良一、私が一番に勝ったらドーナツを出して」

「えー、ならモアも、勝ったらドーナツ食べたい」

「ドーナツ……負けられない」

しまいにはモアやマアロのみならず、メアやココまで張り合い出し、それまでの和気《わき》あいあいとしたババ抜きが、真剣味を帯《お》びた。

「おーい、みんな俺は納得してないんだけど？　じゃあ、俺が勝ったら、ドーナツはお預けだぞ」

その不用意な発言で全員を敵に回してしまったせいか、最後までババを持っていたのは良一だった。

「嘘《うそ》だろ……」

「良一、ドーナツを出す」

負けた以上、出さないという選択肢はなくなったので、良一は一人二個までと言ってドーナツを取り出した。

「これがドーナツ？　面白《おもしろ》い形。初めて見た」

「キリカちゃん、この黒いチョコレートっていうのがかかったのも美味しいし、こっちの白い粉がかかったドーナツも、モアは好き」

一人二個までと決めたので、全員が真剣にドーナツを選んでいた。

「全員決めたか？　他の人とかぶって足りないなら新しいドーナツを出すから言ってく

れよ」

良一は主神から授かったゴッドギフト〝増殖箱〟の力で、アイテムボックス内の物をお金と引き換《か》えにいくらでも複製《ふくせい》できる。しかし、メアとモアがマアロの真似《まね》をして無分別《むふんべつ》に食べるようになってはいけないと思い、残りのドーナツは全てアイテムボックスに回収した。

「ドーナツ二個でいいから、ココアもつけてほしい」

ドーナツは諦めたが、マアロは抜け目なかった。

彼女は前に良一が作ったココアを大変気に入ったようで、それ以来、食事の時でも時々飲みたいと言う。

「まあ、口の中がパサパサするから、飲み物ならいいか」

良一はココアパウダーにホットミルクを注《そそ》いで人数分のココアを用意して皆に配《くば》り、自分用にはホットコーヒーを淹《い》れた。

「みんな揃ったか？　じゃあ、いただきます」

初めてドーナツを食べたキリカは、あまりの美味さに瞬《また》く間に完食してしまい、寂《さび》しそうな目を向ける。

「もうなくなちゃった……」

マアロはこうなることを想定していたのか、キリカの目の前で自慢げにゆっくりと食べはじめた。

「おい、マアロ……大人げないな。一番の年長者がやることか？」

「キリカちゃん、半分あげるね」

見かねたメアが、自分のドーナツを半分に割って差し出す。

「ありがとう」

「ううん、ドーナツ美味しいもんね」

「わ、私もあげる」

マアロも渋々《しぶしぶ》ドーナツを半分に割ると、しっかり見比べて小さい方をキリカに差し出した。年下のメアに対応の差を見せつけられて反省したらしい。

「マアロもありがとう」

ドーナツを食べ終わった良一達はトランプを再開し、そろそろ日も暮れようかという頃、遠慮《えんりょ》がちなノックの音とともに、メイドの女性が入ってきた。

「失礼します、石川様。こちらに小さな女の子……あっ、キリカ様！　ここにいらっしゃったのですね」

メイドはキリカを見つけるなり駆け寄って、良一達にしきりに頭を下げた。

「キリカ様、晩餐会の準備がございますので、お戻りください。お父様が心配しておいでですよ。すみません、石川様。キリカ様を見ていていただいたようで……」

「楽しかったので、お気になさらず」

「メア、モア、また会おうね」

「バイバイ、キリカちゃん」

メイドに連れられて、キリカは出て行った。

「あの様子じゃ、キリカも貴族の娘だったみたいだな。なら、晩餐会でも会えるだろう」

そうして、再びトランプに興《きょう》じながら、良一達は晩餐会まで時間を潰《つぶ》したのだった。


「お待たせいたしました。晩餐会の準備が整いましたので会場へとご案内いたします」

お呼びが掛かった良一達は、トランプを切り上げて晩餐会の会場へ向かう。

広いホールはまさに絢爛豪華《けんらんごうか》に飾り立てられており、テーブルには色とりどりの料理が所狭《ところせま》しと並び、それらに劣らぬ華《はな》やかなドレスを着た女性達や、礼服を着た人達が大勢詰めかけている。

「みんな綺麗ですね」

ココは少し気後《きおく》れしている様子だが、知らず知らずのうちに周囲の男性の視線を集めている。

「ドーナツ食べたせいで、逆にお腹が空《す》いてきた」

色気より食い気《け》の良一達が晩餐会の食事を見ていると、公爵が入場してきた。

「あっ、キリカちゃんだ」

「えっ？」

モアが指差す方向を見ると、先ほどと同じドレス姿のキリカが公爵様の後について入場してきた。

「貴族の娘だと思っていたけど、公爵様のお嬢さんだったとは」

驚いた表情で全員が見ていることに気付いたのか、キリカが小さく手を振ってくる。

そうこうしているうちに、公爵の乾杯《かんぱい》の合図で立食形式の晩餐会が始まっていた。

ドラゴン討伐の功労者ということで良一やココに声をかける者は少なくないが、こうしたパーティに不慣れなのもあり、良一達は気の利《き》いた会話を楽しむよりも、料理に集中した。

「楽しんでいるかね、石川君」

宴《えん》もたけなわといった頃合いに、公爵がキリカを伴《ともな》って近づいてきた。

「はい」

「そう緊張しなくてよい。娘が世話になったそうだな」

「お世話なんて、そんな。公爵様のご息女《そくじょ》とは知らず、ただ一緒に遊んだだけです」

「この子は一番末の娘だが、歳の割に賢《かしこ》くてな、なかなか同年代で親しく遊ぶ友人がおらんかったのだ。たまには遊んでやってくれ。キリカも喜ぶ」

公爵はそれだけ言うと、キリカを残して他の貴族のところへ向かった。

「キリカ様は、公爵様の娘だったんですね」

なんとなく気まずい思いをしながら、良一はキリカに話しかける。

「良一、様付けはやめてちょうだい。さっきまでと同じ、キリカでいい」

「いや……でもなあ」

「キリカでいい」

そう言って良一を見上げるキリカの視線は、幼《おさな》いながらも威厳《いげん》を感じさせるもので、良一も渋々了承《りょうしょう》する。

「分かった。じゃあ、キリカちゃんで」

「そうだよ、良一兄ちゃん、キリカちゃんがいいよ」

歳の近いモアが中心になって話していると、キリカは良一達の公都観光に同行したいと言いだした。

さすがに公爵の娘を連れ歩くのは無理だと良一とココが反対したところ、機嫌を損《そこ》ねてしまったのか、キリカはどこかへ去っていった……のだが。

すぐに一人のメイドを連れて戻ってきた。

「アリーナと申します。私がキリカ様の警護《けいご》を務めますので、どうかご安心を」

「ええっ!?　本当に大丈夫なんですか？」

思わず素《す》っ頓狂《とんきょう》な声を上げる良一。

「兄様や姉様と違って、よくアリーナと町を見て回ってるから、観光なら任せて」

結局、公都観光に公爵様の娘キリカとメイドのアリーナが同行することになった。

◆◆◆

晩餐会の翌日。

「お待たせ。さあみんな、早く行きましょう」

「おはよう、キリカちゃん」

宿屋のエントランスで待っていると、キリカと、メイドのアリーナが迎えにやってきた。

すでに三日分の宿代が支払われているそうなので、良一達はあと二日公都に滞在《たいざい》してから、ココを見送るために貿易港ケルクへ行く予定である。

「馬車をつけてありますので、お乗りください」

公都まで乗ってきた馬車よりも豪華で大きな馬車は、公爵様の財力を感じさせる。

キリカは自分がホスト役とあってすっかり張り切っており、良一達をお気に入りの場所へと案内した。

中でも壮観《そうかん》だったのは、公都名物の巨大風車や、公爵の城近くにある豪奢《ごうしゃ》な装飾《そうしょく》が施《ほどこ》された風車で、風の属性神の神殿があるのも関係して、このように公都では風車が観光名所になっている。

昼は川沿いにある小高い丘まで足を伸ばして、公爵家の料理長が用意した昼食を食べた。

午後は再び町中に戻って、大通りの店巡《めぐ》り。

モアやキリカ達女性陣はみんなでお揃いのリボンを買った。

時間はあっという間に過ぎ、すっかり公都を満喫《まんきつ》した良一達は、公爵家行きつけのレストランで夕食をとることになった。

さすがに貴族御用達《ごようたし》なだけあって味は一流で、牛頬肉の煮込《にこ》みなど、良一が普段作る料理とは違った手間の掛かった品々に、皆舌鼓《したつづみ》を打った。

「キリカちゃんもココ姉ちゃんも、みんな一緒だね！　良一兄ちゃんもつける？」

モアはリボンが大層気に入ったらしく、食事の最中もしきりに気にしている。

「い……いや、俺はいいよ。そのリボン、似合っているよ」

「ありがとう！　ねえ、キリカちゃん、明日はどこに連れて行ってくれるの？」

「まだまだいっぱい案内してあげる。えっとね……」

上機嫌で答えるキリカに、アリーナがそっと耳打ちした。

「明日は予定がございますので、お遊びには行けませんよ」

「ずらせばいいでしょ。今日もずらせた」

「明日は午前中から授業がございます」

「でも……モア達は明後日には公都を出るんでしょう？」

「なりません。お父様ともそういうお約束だったはずです」

アリーナは毅然《きぜん》とした態度を崩《くず》さず、最後はキリカが折れてしまった。

「じゃあ……明後日の見送りには、必ず行くから」

少ししんみりした余韻《よいん》を残して、キリカとの公都観光は終わった。


翌朝。公都滞在の最終日となるこの日、良一は女性陣とは別行動を取っていた。

「少しお金を使いすぎたから、ギルドの口座でも確かめてみるか」

ドワスの町の石工ギルドで売却した魔鉱石《まこうせき》の査定《さてい》が終わっていれば、追加の入金があるはずだ。

ゴッドギフトの万能地図に従って、大通りから外《はず》れた所にある石工ギルドの支部を目指す。

ほどなくして、入り口の看板に〝石工ギルドグレヴァール支部〟と書かれた石造《いしづく》りの建物にたどり着いた。

中は多くの人で賑わっており、受付窓口は十人体制だ。

「すみません」

「はい、ご用件を伺います」

「ギルドの口座に残金があったら、お金を下《お》ろしたいんですけど」

「ギルド員の方ですか。確認しますので、ギルドカードをお預かりいたします」

受付の若い女性は良一のギルドカードを受け取り、球形の装置に挿入《そうにゅう》する。

しばらくすると、残高の書かれた紙を差し出してきた。

「お引き出しの金額をお書きください」

残高は白金貨十三枚と少々。とりあえず、白金貨十枚を下ろしておいた。

ギルド支部の外に出ると、ちょうど目の前に本屋があったので、中に入ってみた。

「魔法書はあるかな」

公都の本屋は良一が今まで入った本屋の二倍は広く、書棚《しょだな》を探すと火、水、風、土の中級と上級の魔法書が揃っていた。

「お兄さん、そんな難しい魔法書を買っていくなんて魔法学園の先生か何かかい？」

魔法書を大人買いする客が珍しかったのか、店主の女性が良一に話しかけてきた。

「いやいや、先生なんて高尚《こうしょう》なものじゃないですよ」

「そうかい。上級魔法書をまとめて即金で買うなんて滅多にいないからね。ちなみに、王都の古本市で買った本があるんだけど、こっちもどうかね？」

そう言って店主が取り出したのは、古めかしい重厚《じゅうこう》な装丁《そうてい》の本だった。

内容を試しに見てみると、魔導機について書かれたもののようだ。

「これって、魔導機の本ですよね？　凄く貴重《きちょう》な資料なんじゃないですか？」

魔導機は技術が失われて久しく、王都ではようやく魔石を用《もち》いた街灯《がいとう》を自前で生産できるようになったばかりだという。

「確かに魔導機の技術書だけど、内容の理解が追いつかないから、たくさん書写して配布されているのよ。だから金貨七枚でどうかね」

「じゃあ、それも買わせていただきます」

魔法書が全部で白金貨十枚だったため、結局良一は下ろしたお金以上に使ってしまった。

「また魔石でも掘《ほ》りに行かないとな」

そんな独《ひと》り言を呟《つぶや》いているところに、手首のデバイスに通信が入った。

「ココか。どうかしたのか？」

「すみません……ちょっと面倒ごとに巻き込まれちゃって、来てもらえませんか」

「分かった、すぐ行く」

店を出てココから聞いた場所に向かうと、洋服屋の店先でメアとモアとマアロとココの四人が大勢の女性に囲まれていた。

「いったい、どういう状況だ？」

女性達の間に割って入った良一に、早速一人の婦人が詰め寄ってきた。

「あなたが石川さん？　この〝匂《にお》いの素《もと》〟を売ってくださいな」

「はあ？」

状況が分からず、落ち着かせてから詳しく話を聞くと……どうもココ達四人が店で買い物をしていたところ、あまりに良い香りを漂わせていたため、同じ店で買い物をしていた公都の女性達が、香水を譲《ゆず》ってほしいと集まってきてしまったらしい。

しかし、香水は使っていないので、洗剤の匂いではないかと告《つ》げると、ではその洗剤が欲しいという話になり、ココ達は困り果てていたのだ。

「聞けば、あなたの地元でしか売ってないそうじゃない。言い値で買うから、是非とも譲ってもらえません？」

言葉は丁寧《ていねい》だが、目は血走《ちばし》っていて、断れる雰囲気ではない。

「わ、分かりました。じゃあ柔軟剤《じゅうなんざい》と洗剤を、それぞれ銀貨二枚でどうでしょうか？　一人五個まででお願いします」

女性陣の勢いに負けた良一は、日本円にして約二千円というボッタクリ価格を伝えたが、それでも奥様方は我先にと群《むら》がり、たちまち店の前の空《あ》き地に行列ができてしまった。

口コミによるネットワークなのか、最初に詰め寄ってきた女性達以外にも続々と押しかけ、ほぼ全員が制限個数まで買っていく。

「奥様方のパワーは凄いな」

「良一兄さん、列が延《の》びているので、早く次を出してください」

結局、メアやモアが売り子を、マアロとココが列の整理をして、なんとか捌《さば》き切ったものの、この日はほとんど観光できずに疲労感を覚えて終わった。

◆◆◆

公都グレヴァールを出発する朝、貿易港ケルクに向かう乗合馬車の発着場でモアとキリカが手を振り合って別れの挨拶をしていた。短い間だったが、随分《ずいぶん》と仲が良くなったものだ。

「うん、また遊ぼうね、キリカちゃん」

「また会いましょう、モア」

「皆様の旅の安全をお祈りします。こちらは皆様でお召し上がりください」

キリカと一緒に来たメイドのアリーナが五人分のサンドイッチを持たせてくれた。

「ありがとうございます。道中食べさせてもらいます」

「キリカ様も皆様と楽しく過ごせたようです。また公都に寄られたら、ご連絡ください」

そうこうしていると馬車の出発の時間が近づいてきた。

馬車に乗り込もうとしたところで、ふとモアが足を止めた。

やはりキリカとの別れが寂しいらしく、目に涙を溜《た》めている。

「良一兄ちゃん、キリカちゃんにみっちゃんをあげちゃダメ?」

「デバイスをか……。本当はあまりよろしくないんだろうけどな」

公爵家の令嬢《れいじょう》という身分を考えると、今後そう気軽には会えないかもしれない。現状では長距離通信ができないらしいが、何か役に立つこともあるだろうと考え、良一はデバイスを複製した。

「古代文明の物だから、数に限りがあるんだ。奪《うば》われないようにな」

本当は数の問題はないが、何個もあると知られると色々怖いので、キリカには事実を伏《ふ》せて渡した。

「ありがとう、良一。大切にする。でもこれ、どうやって使うの?」

「俺も完璧《かんぺき》には理解していないからなあ。みっちゃんに直接聞いてくれ。そこの横のボタンを押せばいい」

「これね、分かった」

キリカは幼いながらもかなり頭は良さそうだから、使い方は大丈夫だろう。

デバイスを渡して安心したからか、モアにも笑顔が戻った。

「じゃあーねー」

ついに馬車が動き出し、モアは客室から身を乗り出してキリカとアリーナにブンブンと手を振り、向こうも手を振り返してくれた。

公都グレヴァールから貿易港ケルクまでは馬車でおよそ半日で行けるらしい。

道も今までとは段違いに整備されていて、振動も少ない。

良一達は馬車の中でアリーナからもらったサンドイッチを頬張りながら、会話に興じていた。

「ココ、船賃はあるのか?」

「一応、これでもBランク冒険者だから、蓄《たくわ》えはありますよ」

「ココ姉ちゃんは、お船に乗るんだよね。モアも乗ってみたい」

「私はそれより海を見てみたいです」

「モアちゃん、メアちゃん、船の旅は大変ですよ? 小さな船だと凄く揺れますし、大きな船でも腕の良い船長さんや航海長がいないと、目的地まで時間がかかりますからね。今のところ、王都のあるカレスティア大陸を経由してココノツ諸島に行こうと思っています」

「ココノツ諸島までの直行便は出ていないのか?」

良一は万能地図を広げ、地図の縮尺《しゅくしゃく》を変えて島と大陸の位置関係を確認してみる。

カレスライア王国はカレスティア大陸の南側に逆三角形に広がり、大陸の西側には良一達が今いるメラサル島がある。ココの故郷のココノツ諸島はメラサル島の北西という位置関係だ。

「凄く精密《せいみつ》な地図ですね。でも、詳細な地図は、王国の法律では軍事機密《きみつ》に類するものなので、注意してくださいね。それで、カレスティア大陸に一度行く理由ですけど――」

ココが言うには、メラサル島からもココノツ諸島に行く船はあるらしいが、あまり安全なルートとは言えないため、カレスティア大陸を経由して王室御用達の船舶《せんぱく》会社の定期船に乗るのが安心なのだという。

「大体、予定が合えば、片道半月ほどの船旅になります。実家に長居《ながい》をするつもりはないので、遅《おそ》くとも二ヵ月くらいで戻ってきたいですね」

「ココ姉ちゃん、早く帰ってきてね」

「すぐ戻ってきますよ」

モアがココにもたれかかり、笑顔で髪を梳《と》かしてもらっている。

地図を眺《なが》めて話し合っていると、マアロが自分の故郷はここだと万能地図の一点を指差した。

「セントリアス樹国《じゅこく》……カレスライア王国の東の国か。随分と遠いところから来たんだな」

「マアロちゃん、どんなところなの？」

「世界樹がある。エルフの国」

「国の規模《きぼ》は小さいですけど、長命なエルフの国ということで魔法の扱いが上手く、また神殿が多くあるので、加護を持つ兵士が多いですね。昔、カレスライア王国が侵攻《しんこう》しようとして、逆に打ら負かされて領土を大きく失ったと聞いています。また、国の中心にある世界樹の葉を用いて作った薬はとても効果が高くて、珍重《ちんちょう》されていますね」

マアロの言葉少ない説明よりも、ココの補足《ほそく》の方がはるかに詳しかった。

「どちらにしても、気軽に旅行には行けないな」

良一達を乗せた乗合馬車は、夕方に貿易港ケルクにたどり着いた。

「王都への定期連絡船の出発時刻を聞いてくるから、待っていてください」

ココは定期船の情報を聞きに船舶会社に向かい、その間に四人で海を見ることにした。

「わー、広ーい！」

「これが海ですか、凄いです」

沈みゆく太陽が海面に反射し、全てが赤く染《そ》まった景色。打ち寄せる波が夕日を乱反射してキラキラと瞬く。岸壁《がんぺき》には大小様々な船が係留《けいりゅう》されていて、港町特有の情緒《じょうちょ》を醸《かも》し出している。

初めて海を見たメアとモアは、口をポカンと開けて、その雄大《ゆうだい》さにすっかり見入《みい》っていた。

姉妹で繋《つな》いでいる手に、ぎゅっと力がこもっているのが分かる。

「綺麗……」

「そうだな。俺も故郷で見たことがないくらいに綺麗だ」

しばし海を眺めていると、定期船の情報を聞き終わったココが戻ってきた。

「すみません。待たせちゃいました？」

「いや、全然待ってないよ。それで、連絡船はすぐに出そうなのか？」

「はい、明後日に定期船が来て、翌日出港するそうです」

「じゃあ、明日と明後日は一緒にいられるな」

「はい」

「ココ姉ちゃん、いっぱい遊ぼ」

「そうだね、いっぱい遊ぼうね」

それから良一達は宿に部屋を取り、海の幸《さち》が食べられる店で夕食にすることにした。

「この魚、見た目は怖いですけど、美味しいです」

「メア、その魚、美味しいけど骨が多いからな。小骨に気をつけろよ」

「良一兄ちゃん、これはどうやって食べるの？」

海老《えび》の殻《から》が剥《む》けずに苦戦しているモアに、ココが助け舟を出す。

「モア、その海老は剥きづらいから、剥いてあげるわ」

「うまうま」

五人が魚介《ぎょかい》料理に舌鼓を打っていると、周りの船員風の男達の話が耳に入ってきた。

「聞いたか、今度はホラスの船がやられたらしいな」

「ああ、積荷《つみに》も奪われて、マストが折られたんだろう？　酷《ひど》いことをするよな」

「王国海軍がこんなに探して見つからないって、海賊バルボロッサめ、どこに逃げ込んだのやら」

気になる単語が飛び交《か》っていたが、メアやモアに血生臭《ちなまぐさ》い話は聞かせたくないので、首は突っ込まず、宿に戻ることにした。

翌日、良一達は宿の主人にオススメの観光スポットを聞き、大型船の造船所《ぞうせんじょ》の見学に繰《く》り出した。

ケルクで一番大きな造船所には観光客が何人もいて、見学ツアーが組まれていたので、良一達もこれに参加した。

「皆さん、ご覧《らん》ください。こちらは公爵様が建造中の護衛艦《ごえいかん》の一隻《せき》です。護衛艦の中では中型の規模ですが、最新の技術と職人達の熟練《じゅくれん》の技で、王国海軍の最新鋭の軍艦にも引けをとらない船になる予定です」

ガイドの女性に案内されてドックに入ると、中では護衛艦の建造作業中だった。中型と聞いたが、全長五十メートルはある船で、メアとモアも間近に見る大きさに驚いている。

船はほぼ完成しており、職人達は内装を仕上げているのか、あまり姿が見えなかった。

「では、最後に模型船《もぞうせん》の帆《ほ》に絵を描《えが》く体験をしてもらいます」

見学の後は、別の建物で玩具《おもちゃ》の船の帆に絵付け体験をするそうだ。

良一は絵が苦手《にがて》なので、メア達の四人が真剣に作業する様子を後ろから見ていた。

途中、部屋を出てトイレに行ったところ、帰りがけに恰幅《かっぷく》の良い男性と筋肉質な若い男性の職人が廊下《ろうか》で話し込んでいた。

「おい木材の量が少ないぞ。あとは船体の補強《ほきょう》だけで完成するってのに、どうなってるんだ？」

「す、すみません。木工ギルドでも加護のついた木材の流通が少ないみたいで、購入《こうにゅう》に制限がかけられているんですよ」

「他の造船所から余っている木材を譲ってもらえないのか」

「それが……隣のトット造船工房も、フォム造船所も木材の残りが厳《きび》しいらしくて、融通《ゆうずう》してもらえなかったんですよ」

「参ったな……。バルボロッサに壊《こわ》された船の修理《しゅうり》で、木材不足になってきたのか」

あまりに深刻《しんこく》な様子を見かねて、良一は彼らに声をかけた。

「あの、すみません。差し出がましいようですが、木材が必要なんですか？」

「なんだい、兄ちゃん。ツアーの観光客か?」

「ええ。少し話が聞こえたもので……。よければ加護のついた木材をお譲りしましょうか?」

「本当かい、兄ちゃん。加護付きの木材を持っているのか⁉」

良一はイーアス村で買っておいた木材をアイテムボックスから取り出した。

「この綺麗な木目《もくめ》にこの香り……イーアス村の木材か。それも上物《じょうもの》だ。兄ちゃんどうしてこんな木材を持っているんだ?」

「一応、木工ギルドのギルド員で、最近までイーアス村で木こりをやっていたんですよ」

「お前さん、その若さで木工ギルドのギルド員なのか、大《たい》したもんだ。俺の名前はゴンス。こいつは弟子《でし》のヒョッスだ。是非その木材を買わせてもらいたい」

ゴンス達が必要としていた木材の量は、良一のアイテムボックス内にある分で賄《まかな》えたので、求められた量を売った。

「いやー、助かった。まさに神の思《おぼ》し召《め》しだ。助かったぜ、良一」

「こちらこそ、少し相場《そうば》よりも高く買ってもらって」

「いや、これだけ上等な木材だ。ここらじゃそれぐらいの値段が相場だからな」

「それで、この木材はどうするんですか」

「これを船の要所《ようしょ》に打ち込んでいくと、俺達が所属する船工ギルドが祀る、船の神トーサールの加護と、木材の加護が組み合わさって、船体が頑丈《がんじょう》になるんだ」

「なるほど。それで加護付きのものが必要だったんですね」

そのままゴンスと話し合っていると、デバイスにココから通信が入った。

「良一さん、今どこにいるんですか？　もうツアーが終わりますよ」

「分かった。すぐ戻るよ」

ゴンス達に別れを告げて建物に戻ると、メアとモアが自作の船の玩具を誇《ほこ》らしげに見せてきた。

「良一兄ちゃん、見て見て！」

「良一兄さん、私の船も見てください」

「綺麗に色づけされているな。それぞれ個性も出ている」

モアは明るい色でカラフルに、メアは落ち着いた色合いでまとめ上げていた。

「そうだ、せっかく作ったんだから、海に浮かべに行こうか」

時間的にはお昼時だが、マアロも良一の提案に賛成したので、全員でそのまま浜辺《はまべ》に行った。

海に入るなら水着がほしいところだが、あいにく女性陣は水着など持っていない。仕方がないので、良一はTシャツを渡してそれを上から着させた。

「冷た～い！」

海辺にはラグーンになっている部分があり、海に入って遊んでいる人がたくさんいる。

良一達も膝《ひざ》まで海に浸《つ》かり、海面に船を浮かべた。

「結構しっかりと浮くもんだな」

波が穏《おだ》やかなので、四隻の玩具の船は転覆《てんぷく》せずにプカプカと海面を漂う。

微弱《びじゃく》な風の魔法を使ってみると、少しだけ帆が張って、船が進み出す。

風の属性神の加護を得たおかげか、良一は風魔法の細かい調整がしやすくなっているように感じた。

「うわ～、うわ～、速～い！」

モアがはしゃいで、大きな声を上げる。

玩具の船でたっぷり遊んでから、五人はビーチでそのまま遅めの昼食をとることにした。

「やっぱり、海と言えば焼きそば、イカ焼き、焼きトウモロコシかな。後はかき氷か」

材料は揃っているので、早速料理をはじめる。

イカ焼きやトウモロコシはカセットコンロより炭火で焼いた方が美味い。

良一はホームセンターで買っておいたバーベキュー用のグリルスタンドを取り出して、炭を置いていく。カセットコンロより多少手間はかかるが、海辺のレジャーだと思えば苦《く》には思わない。

グリルの上に金網《かなあみ》を半分、鉄板を半分セットして、料理をはじめる。

金網の上には足と軟骨《なんこつ》を抜き、切り込みを入れたイカと、長い丸々一本のトウモロコシを数本並べ、同時に鉄板上で焼きそばを調理する。

具材は豚肉とニンジン、タマネギ、ピーマン、もやしだ。

イカ焼きとトウモロコシに醤油《しょうゆ》ベースのタレをハケで塗《ぬ》りながらこんがりと焼き、焼きそばにソースを投入すると、醤油とソースの焦《こ》げる匂いが漂い、五人の空腹《くうふく》を刺激した。

「さあ、食べよう」

レジャーシートを敷いて海を眺《なが》めながら遅めの昼食を食べる。海辺で浴《あ》びる潮風《しおかぜ》、遊んだ後の少しの疲労感、そのどれもが、この昼食の美味さを引き上げている。

「「美味し〜」」

メアとモアが声を揃えて歓声を上げる。

「この焼きトウモロコシ美味しいです」

「イカ焼きも美味しいわね」

ココもマアロも、屋外での昼食を満喫したのだった。

◆◆◆

二日後、いよいよココが乗る定期船の出航の日だったが、良一達とココは船着き場から足取り重く町に戻っていた。

「まさかこんなことになるとはなあ」

「本当に困りましたね」

しかめ面《つら》で腕組みする良一に、ココが苦笑で応える。

ココを見送るために予定通り港へと赴《おもむ》いたものの、定期船の出航が順延《じゅんえん》になったと聞かされたのだ。昨日、定期船が入港する際に、島の近海で海賊船を見かけたらしく、その対処のためにしばらく出港を見合わせることになった。

「じゃあ、ココ姉ちゃんとまだいられるの？」

「そうねえ……」

「やったー」

ココとの別れが先延《さきの》ばしになったのが嬉しくて素直《すなお》に喜ぶモアを見て、みんなも気持ちを切り替《か》えてこれからの予定を話し合った。

「宿で寝ていても仕方がないし、みんなでどこか出かけるか」

良一は万能地図を机の上に広げて、ケルクから半日ほどのところにある泉を指差した。

「このモトンズ湖には、精霊が住んでいるって噂があって、面白そうだと思うんだけど」

「せっかく時間ができたので、足を延ばしてみるのも良いですね」

「モアも精霊さんを見たい！」

「イーアス村のマリーちゃんが、モトンズ湖の精霊は素直で優しい子の願い事を叶《かな》えてくれるって言ってました」

「ついていく」

ココに続いて、他の三人も賛成してくれたので、予定は決まった。

今から馬車に乗ってここを出れば、昼過ぎにはたどり着く見込みだ。

「それじゃあみんな、泉に向けて出発だ！」

「しゅっぱ〜つ」

五人が乗った馬車が動き出した。

ガタガタと馬車に揺られること約半日、予定通りにモトンズ湖付近に着いた。

湖は街道脇《わき》の小さな丘を越えた先にあるらしく、五人で歩いて行く。

湖へ続く並木道にはポツポツと人が歩いているが、観光客はそれほど多くはない。

「ここがモトンズ湖か。結構広いな」

モトンズ湖の湖畔《こはん》に着いた良一達は、他の観光客もいる中、湖の周囲をぐるっと周って散策《さんさく》することにした。

水辺に咲《さ》く花を楽しみながらしばらく歩いていると、良一は奇妙《きみょう》な目眩《めまい》を覚えて足を止めた。

「ココ、マアロ、あの場所……なんか変な感じがしないか？」

湖のほとりのある一点を見ると、周囲と何が違うというわけではないのに、若干靄《かすみ》がかかっているような、意識を集中させることができない場所があった。

「確かに違和感《いわかん》がありますね」

「感じる……これは精霊の結界」

「結界？　危なくないのか？」

「人体に影響ない」

マアロの言葉を信じて、結界があると思《おぼ》しき場所に手を突っ込むと、カチッと何かがハマる感覚があった。

「結界が解《と》ける」

一瞬白い霧《きり》がかかったかと思うと、見る間に薄まっていき、目の前にモアの身長と同じくらいの石の祠《ほこら》が姿を現した。

「なんだこれ？」

「精霊様の社《やしろ》」

石の祠には見知らぬ紋様《もんよう》が刻《きざ》まれており、中は綺麗にくり抜かれていて、供物《くもつ》を供《そな》える台になっていた。

「こんなのが隠《かく》されていたんだな」

「精霊様の気配を感じる。お供《そな》え物をすれば、姿を現すかも。ドーナツがいい」

「お前が食べたいだけじゃないのか？」

良一は疑《うたが》ったが、マアロが大丈夫だと言い張るので、台の上に皿を置いてドーナツを供えた。

「何も起きませんね」

「良一兄ちゃん、モアもドーナツたべたい」

「そうだな、歩いて小腹も空《す》いたし、食べるか」

良一が両手でドーナツの箱を広げると、五本の手がドーナツの箱に殺到《さっとう》した。

「ん？　どうして手が五人分あるんだ？」

箱を広げている良一を除いて、メアとモアとココとマアロの四人しかいないはずなのに……そう思って顔を上げると、モアとマアロの間に、緩《ゆる》いウェーブのかかった長い髪の美女がいた。

「あら〜、バレちゃった〜」

突如現れた女性はたわわな胸を揺らしながら、柔和《にゅうわ》な笑みを浮かべる。

良一達が驚く中、マアロが一人片膝をついて頭を下げた。

「大精霊様、お初にお目にかかります」

「うふふ〜、お供えされたドーナツが美味しすぎて〜、もう一個欲しくなっちゃった〜。

みんなも一緒に食べましょう～」

大精霊と呼ばれた美女は箱からドーナツを一つ取り出して、はむっとかじりついた。

なんだかよく分からないまま大精霊と一緒にドーナツを食べる良一達。

普段なら誰よりもドーナツを貪《むさぼ》るマアロが大人しいので、調子が狂う。

「美味しかったわ～。結界が解かれてどんな不埒者《ふらちもの》が来たのかと思ったけど～、神官ちゃんに可愛らしいお嬢さんが三人に、渡界者《とかいしゃ》のお兄さんか。供物もちゃんとした物だったし～、お願いを叶えてあげちゃおうかな～」

「どんなことが叶えられるんだ？」

「そうね～、昔私の所に来た人は、精霊の力が込められた剣をお願いしたけど～」

「剣術はまだ覚えきれていないしな、持てあましそうだな」

「私もこの愛刀がありますし」

ココと良一は顔を見合わせる。

「じゃあね～、私の祝福をあげちゃう！　それなら神官ちゃんも受け取れるしね」

「あの、大精霊様それはマズイのでは」

いつになく神妙《しんみょう》なマアロが、大精霊の提案に懸念《けねん》を示す。

「大丈夫～、ほとんどの国は発表していないけど、大精霊の祝福を持った人は数人いるから」

「まさか、魔王が現れるのですか」

「それはまだ言えないかな～。じゃあ私の祝福を与えることで決定ね～」

そうして、結局良一達にあっという間に祝福が付与された。

「世が世なら、あなた達五人は勇者ね～」

「大精霊の祝福に感謝します」

深々と礼をするマアロに倣って、良一達も頭を下げる。

それから大精霊はドーナツをお土産《みやげ》に要求し、新《あら》たに良一が出した一箱を持って消えていった。

「マアロ、今更《いまさら》なんだが大精霊様ってなんだ？」

マアロの説明によると、精霊は火や水など魔法の属性の数だけ種類がいて、現世における神様の使い的な存在らしい。

マアロが信奉《しんぽう》している水の神様などは神界にいるが、大精霊はより人間界に近い精霊界にいるとのことだ。大雑把《おおざっぱ》に言えば人間界、精霊界、神界の順で隔《へだ》たりがあるそうで、神様よりも精霊の方が人間に身近《みぢか》な存在だと言える。

実際、精霊は人間と契約《けいやく》して力を貸してくれるなど、恩恵《おんけい》をもたらす。

その精霊の中には格があり、大精霊はその名の通り上位の存在だ。

マアロ曰《いわ》く〝大精霊様の祝福が一番上〟なのだとか。

精霊と契約するには、同じ属性の精霊の祝福が必要らしいが、大精霊の祝福があれば全ての属性の精霊と契約できるらしい。

「で、どうやったら精霊と契約できるんだ？」

「知らない」

結局、その後精霊に会うこともなく町へと戻った。

翌日、ケルクの町に戻った良一達は、精霊の情報を得ようと冒険者ギルドに行くことにした。

船の出航までは日があるし、せっかくなのでこの時間を利用して精霊と契約できないかと考えたのだ。

ケルクの冒険者ギルドはそこそこ大きな建物で、中のホールには受付窓口が三つある。

そのうち二つは女性が担当していて混雑《こんざつ》していたが、一番右の窓口は強面の男性が担当だったせいで、妙に空《す》いていた。

メアとモアをマアロに任せ、良一とココが窓口の男性に声をかけると、渋《しぶ》い声で迎えられた。

「冒険者ギルドにようこそ。本日はどのようなご用件で」

「あの……精霊について、お聞きしたいんですけど」

「精霊についてですか。失礼ですが、冒険者ランクは？」

良一とココは懐《ふところ》からギルドカードを出して手渡す。

「公都グレヴァールに続く道の平原に風の精霊がいるそうです。しかし、精霊の情報を聞いてどうするのですか？」

「契約ができるのかなと思って」

「風の精霊の加護をお持ちなんですか？」

「ええ、まあ、そんなところです」

「なるほど、納得しました。しかし、一つ忠告があります。精霊に戦いを挑もうとはしないでください。恐らく、戦いにもならずに人生を終えることになります」

「肝《きも》に銘《めい》じます」

平原に出るので、ついでに同じ方面で受けられる依頼を探すと、レッサーウルフの討伐依頼や薬草の採取《さいしゅ》依頼があった。これらの依頼を受けてから、薬草の種類の確認に必要な採取品目図鑑という小冊子を買って、受付を後にした。

「ただいま、精霊の情報が分かったよ」

「おかえり、良一兄ちゃん、ココ姉ちゃん」

空《あ》きテーブルでお絵描《えか》きをしていた三人が、こちらを見た。

「精霊を探しに平原に行くことになったから、まずはメアとモアの防具を見繕いに行こうか」

今までは馬車の旅や大人数での移動だったが、平原で精霊を探し回るなら、徒歩《とほ》になる。

幼い二人に怪我《けが》をさせるつもりはないので、念には念を、である。

万能地図で防具を買える場所を調《しら》べ、近場の防具屋に行く。

子供用の防具は種類が少なかったが、店主やココの勧《すす》めに従ってブーツと革の鎧を買って、服の上から装着した。二つとも軽くてしなやかだが、防刃《ぼうじん》性能も高く良い防具だった。

「二人とも、大きさは大丈夫か？」

「うん、ひもで縛《しば》れば平気」

「はい、ちょっとブカブカですけど」

まあ、子供にピッタリのサイズはないので、多少のサイズ差には目を瞑《つむ》るしかない。

「マアロは、防具はあるんだよな」

「あるけど、古い」

マアロが取り出したブーツと革鎧は、傷や綻びが目立っていて、お世辞《せじ》にも状態が良いとは言えない代物《しろもの》だった。

「うーん、その鎧は頼りないな。マアロにもブーツと鎧を買うよ」

「ありがとう」

マアロにも防具を買い与え、装備《そうび》は揃った。

「じゃあ、精霊を探しに出発！」

久しぶりに出したリヤカーにメアとモアとマアロの三人を乗せて町を出て平原を目指す。

リヤカーは良一が引き、ココは周囲を警戒《けいかい》しながら並走《へいそう》する。

「なあマアロ、精霊ってどんな姿なんだ？」

「聞いた話では、光る球体みたい」

「でも大精霊様は女性の姿をしていたから、人間の姿じゃないのか？」

「大精霊様は特別。力が大きすぎるから、人型になっているだけ」

「なるほどな。光る球体か……。平原で見つけられるのか？」

「近づけば、感覚で分かる」

ケルクを出発して数時間。道すがらレッサーウルフを討伐しながら進み、ギルドで受けた依頼の規定数はクリアした。また、薬草は時折見かけたものを回収している。

神官であるマアロは、回復魔法を得意とするだけでなく、薬草も治療《ちりょう》の一環《いっかん》で扱うらしく、簡単な薬草の判別法を教えてくれた。

そうして依頼をこなしながら進み、冒険者ギルドで聞いた場所に近づいたところで、マアロが言うところの〝精霊の感覚〟が訪れた。

「マアロ、これが精霊の感覚か？」

「そう、精霊」

「良一兄ちゃん、あそこ」

「良一兄さん、あっちにも」

突如、良一とココとリヤカーに乗っている三人の周りに何者かの気配が現れて、こちらを窺っているのが分かった。

見ると、周囲にはチカチカと光りながら不規則に大きさが変わる光球が、いくつか浮かんでいる。

そのうちの一つが良一の目の前に近づき、〝声〟を発した。

『あなた達、湖の大精霊様の加護を全員が持っているなんて、勇者御一行様？』

良一は、この声が光球から発せられているのを感覚で理解し、会話に応じた。

「いや勇者ではないんだけど……君達は精霊だよね？」

『あったりまえでしょ。何を言っているの』

「精霊を見るのは初めてだからね。契約できないかと思って探してたんだ」

『ふ〜ん、それじゃあ、私達と契約をしに来たんだ。みんな〜、この人達は大丈夫そうだよ』

目の前の光球がそう言うと、良一達の周りに点滅《てんめつ》を繰り返す光球——精霊達が集まってきた。

「うわ～、みんな可愛いね」

「触るとふわふわしてますよ、良一兄さん」

メアやモアは臆《おく》することなくリヤカーから降りて、近づいてきた精霊達を撫でている。

良一が神級鑑定《かんてい》を使って周りを見回すと、全ての光球が〝風の精霊〟と出た。

中でも、良一の目の前にいる精霊が一番強い力を持っていた。

風の精霊
レベル：80
生命力：8500／8500　魔保力《まほりょく》：10000／10000
攻撃力：100　守備力：8000
速走力：100　魔操力《まそうりょく》：12000
魔法属性：風

「ここにいる精霊達は、みんな風の精霊なんだね」

『え……私のことを鑑定したの？　特級以上の鑑定じゃないと分からないのに』

「それにしても、みんな〝風の精霊〟で、名前はないのかな？」

『名前？　名前があれば契約精霊でしょ』

「？　もしかして、名前をつけるのが、契約の証《あかし》なのか？」

『そういうこと。……まあ、そっちが付けた名前を、私達精霊が受け入れたらだけど』

良一が風の精霊と話し合っていると、背後からココ達の声が聞こえてきた。

「〝サオリ〟、名前を受け入れてくれて嬉しいです」

「良一兄ちゃん、〝かーくん〟が友達になってくれるって」

「良一兄さん、〝コハナ〟が契約してくれました」

「契約完了」

――いつの間にか、四人が風の精霊と契約を行なっていた。

「四人とも早いな。そんなに簡単に契約できたのか」

呆気《あっけ》にとられる良一を嘲笑《あざわら》うように、風の精霊が目の前で明滅《めいめつ》する。

『彼女達が素直で優しいからでしょ』

良一も負けじと風の精霊に話してみるが、契約に応じてはくれない。

そこで、最後の手段とばかりに、大精霊もお気に召したらしいドーナツを取り出すと、たちまち精霊達がむらがり、一斉にドーナツを取っていった。

どうやって食べているのか分からないが、空中に浮いている光球に触れると、ドーナツがなくなっていく。

『あんた、お菓子で釣《つ》ろうとか最低ね……。まあ、仕方がないから、私が契約をしてあげる』

「えっ、ありがとう。でも、なんか性格がキツそうだな……」

散々《さんざん》契約してほしいと頼み込んでいたものの、いざとなると若干尻込《しりご》みする良一だった。

『ちょ……将来の大精霊様に最も近い私が契約をしてあげるのよ？　さっさと名前を考えなさい！』

「ええ……じゃあ。……そうだな、女の子の名前だろう？　リリィはどうだ」

『リリィね、まあ、可愛い名前だし、それでいいわ。契約完了よ』

そうして、五人はそれぞれ一体ずつ風の精霊と契約を行なった。

『さてと、私も過去には何人か契約をしたことがあったけど、その時に学んだことを教えてあげる。そんな調子じゃ、どうせ精霊魔法についても全然知らないんでしょう？』

五人は契約精霊と一緒に、リリィの話を聞いた。

世間では精霊と契約した者は精霊術師と呼ばれる。

精霊と契約すると、体内に精霊門と呼ばれる魔力の伝達回路《かいろ》が形成されるのだが、体内の属性魔力をこの精霊門に通すと、魔力が十倍以上に増幅《ぞうふく》されて精霊に伝わる。

精霊が契約者から送られてきた属性魔力を使って放つのが、精霊魔法である。

空気中の魔素を体内に取り込み、属性魔力に変換して行使する通常の魔法と違って、精霊門を通すことで少ない魔力でも高威力《こういりょく》の魔法になるだけでなく、契約者本人が魔法を使えなくても、属性魔力に変換さえできれば精霊が魔法を放ってくれるのが優《すぐ》れた点だ。

ただし、精霊と意思疎通《いしそつう》が不充分だと威力の調整や狙《ねら》いが正確に行えないといったデメリットがある。

精霊には常に契約者と一緒についていくものと、普段は精霊界にいて、契約者に呼び出された時にだけ現れるという二パターンがいる。今回の五体は、皆ついてくるという。

もっとも、常についてくるタイプの精霊も、町中で目立って困る場合などは、精霊門を通って契約者の中に隠れることができるそうだ。

ちなみに、精霊は食事を取らなくても死なないが、人間が食べるものを食べても大丈夫らしい。

『……とまあ、こんなところかな。風の属性を持っていなくても精霊魔法は使えるから安心してね。ただし、他の属性の魔力だと効率が悪くてブーストがあまりかからないけど』

モアは風の魔法属性がないので精霊魔法を使えないのではと心配したが、大丈夫のようだ。

良一は早速精霊魔法を試してみることにした。

「リリィ、あの木が目標だ」

『オッケー』

いつもと魔法を放つ感覚が違うので手間取ったものの、精霊門を通してリリィに風の属性魔力を送ると……

『久しぶりに、この感覚きたー。ウィンドカッター』

リリィが放ったウィンドカッターは、立派な木を一本どころかまとめて何本か薙《な》ぎ倒していった。

「初級の魔法なのに威力が高すぎるだろ……」

精霊門に通す魔力量の調節は修業が必要そうだ。

隣では他の四人もそれぞれに精霊魔法を練習している。

マアロは適性があるのか順調に精霊魔法を使っているが、ココとメアとモアは普通の魔法も練習中ということもあり、なかなか上手《うま》くいかない。

それでも、ゆっくりとではあるが魔力を変換して精霊門に属性魔力を送れるようになり、精霊魔法が発動した。

「わー、かーくん。すごーい」

「コハナ、凄いです」

メアとモアは無邪気《むじゃき》にはしゃぐが、良一は二人が放った魔法の威力に驚きを隠せなかった。

「これだけの威力があれば、メアとモアも自分の身を守れそうだな」

「そうですね。サオリの力を侮《あなど》っていました」

ココも自分が放った魔法の威力が予想以上で、目を丸くしている。

そのまましばらく練習を続けていると……モアが呼ぶ声が聞こえた。

「良一兄ちゃん、来て来て～」

「どうかしたか？」

良一が近づくと、なんとモアの体がふわりと空中に浮きだした。

「モア！　どうやって浮いているんだ⁉」

「かーくんが、モアの中で羽を出してるの」

目を凝《こ》らすと、モアの背中に薄い羽が生《は》えているように見える。

「リリィ、そんなことができるのか？」

『実際、できるからモアちゃんが飛んでいるんでしょ？』

モアのフワフワとした説明を要約すると、精霊門を通して精霊を体内に入れて、精霊と合体しようとしたら羽が生えたらしい。

良一やココ、マアロも試してみるが、成功しない。

「感覚としては分かるが、実践《じっせん》はできないな」

「メアちゃんはできているみたいですよ？」

ココに言われて見ると、メアがフラフラとしながらも羽を生やしてわずかに空中に浮いていた。

「人精一体って感じかしら、子供の適応力は凄いわね」

日頃は大人げなくメア達に張り合うマアロも、ため息しか出ないようだ。

一行は暗くなる前に町に戻り、一度宿に荷物を置いてから良一とココの二人で冒険者ギルドに向かった。

「すみません、依頼の報告に来ました」

冒険者ギルドに入ると、朝と同じで、強面の男性の窓口だけ空《す》いていた。

「今朝《けさ》の方ですよね。精霊とは会えましたか？」

「はい、この通りに」

周りからはあまり見えないようにリリィに出てきてもらい、手元に光球を浮かべる。

「ほう……まさか精霊と契約してくるとは」

男性は心底驚いたようで、声の調子こそ抑えていたが、目は大きく見開いている。彼は少し考える素振《そぶ》りを見せた後、こう続けた。

「ギルドマスターにお会いしていただきたいのですが、いかがでしょう？」

「ギルドマスターですか？」

良一はまた何か厄介事《やっかいごと》じゃないかと内心で少し警戒したが、話も聞かずに断るわけにもいかず、男性の後について奥の応接室に向かった。

中にいたのは黒々としたあご髭を蓄えた温厚《おんこう》そうな中年の男性で、強面の男性が耳打ちすると、眉をぴくりと動かした。

「初めまして、冒険者ギルドケルク支部のギルドマスター、ヘルトと申します」

「石川良一です」

「ココ・ユース・ガベルディアスです」

「お二人はドラゴン討伐の参加者で名誉騎士爵を授爵した方ですね。実は私もドラゴン討伐の祝勝式に参加していたんですよ。お話しする機会がこんなに早く巡ってくるとは、光栄です」

ギルドマスターは良一達のことを知っているようで、随分へりくだった物言《ものい》いをしたが、貴族扱いされるのに慣れていない良一は、なんだか落ち着かなかった。

「あの、敬語を使われるほど大層な者じゃないので……普通に話してください」

「そうか……。では、失礼して……石川君と呼ばせてもらう」

「それで、何かご用件が？」

「ああ……。今彼に聞いたが、二人は精霊術師になったのかね？」

「そうです。お見せしましょうか？」

「いや、結構。それで、君の冒険者ランクをCにまで上げたい」

「随分急な話ですね。今、私はランクEですけど」

「冒険者ギルドとしては、実力に見合ったランクに昇格《しょうかく》してもらうのは良いことなんでね。受けてもらえるかな？」

「昇格すると、何かあるんですか？」

ギルドマスターと強面の男性は顔を見合わせてから口を開いた。

「Cランクから〝指名依頼〟をすることができるようになる」

ココの方を見ると、ココも軽く頷いた。

「何か依頼を受けさせたいわけですね？」

「その通りだ。石川君とガベルディアス君に頼みたいのは、海賊の討伐だ」

「海賊の討伐ですか？」

「ああ。現在、メラサル島の東側海域で、バルボロッサと名乗る輩《やから》が率いる黒の海賊団によって、貨物船や商船が甚大《じんだい》な被害を受けている。つい一週間前にも商船が二隻襲《おそ》われて、積荷を奪われた。先日入港した大陸からの定期船も、あやうく襲撃《しゅうげき》を受けるところだった」

「船乗り達が話しているのを聞きました」

「そうか。それで、一ヵ月前には王都で王家の御用《ごよう》商人をしているアリバサーラ商会の商船の船団が襲撃されて、船団十隻のうち二隻が沈没《ちんぼつ》し、八隻が甚大な被害を受けた。襲撃の報告を受けたアリバサーラは王家に働きかけを行い、海賊バルボロッサ討伐のためにグスタール将軍と討伐軍が派遣《はけん》されたのだ」

「グスタール将軍がメラサル島に来たのは、そのためだったんですね」

「ああ。将軍が来ていよいよバルボロッサ討伐というタイミングで、運悪くドラゴンが現れてな。公爵の要請《よーせい》を受けた将軍は王国軍を分けてドラゴン討伐に向かい、バルボロッサ討伐は参謀《さんぼう》でもあるカエサル副将軍に任されたんだが……結局未だ討伐されていない。カエサル副将軍も何度かバルボロッサを追い詰めたのだが、結局最後には逃げられてな」

「なるほど」

「しかし、グスタール将軍が戻ってきた今、バルボロッサ討伐に全力で当たろうというわけだ」

「そのバルボロッサ討伐に自分達を？」

「海上での戦闘は遠距離からの撃《う》ち合いが鍵《かぎ》になる。いかに攻撃が当たらない位置から有効打を与えるかによって勝敗が決まると言っても過言《かごん》ではない。その点、精霊術師は長距離から高威力の魔法を放《はな》てる貴重な戦力。是非参加してもらえないだろうか」

「協力したいのは山々ですけど、精霊魔法は覚えたばかりですし、海上での戦闘経験もありません。それに、海に出ている間、幼い妹達をどうするかも考えないと……」

「確かに、船上での戦闘は慣れていないとキツイからな。しかし、メラサル島にいる精霊術師はほとんど招集《しょうしゅう》を受けている。石川君も遅かれ早かれ招集されるだろう。なに、すぐに返事をしろとは言わない。一日ゆっくり考えてみてくれ」

冒険者ギルドを後にした良一達は、宿屋に戻ってメアとモアとマアロを交《まじ》えて海賊討伐の依頼について話し合った。

「じゃあ、海にまた行くの?」

「まだ考えているんだ。船上での戦闘は初めてだしな」

「私達の心配はいらない。メアとモアは私が守る」

マアロは珍しく真剣な表情で、まっすぐ良一の目を見つめてそう言った。

「よし、やろう。バルボロッサを野放《のばな》しにしていたら、ココが乗る船も襲われるかもしれないからな」

二章　海賊討伐《とうばつ》

翌日、ギルドマスターのヘルトに依頼を受けることを伝えに行くと、その場でランク昇格の手続きが執《と》り行われ、諸々《もろもろ》の事務処理が完了した。すぐに出発するというわけではなく、明日、船の準備が整うのを待って出航する流れだ。

「ココも一緒に依頼を受けて良かったのか？　しばらく故郷に帰れなくなるけれど」

「構いませんよ。良一さんだけを危ない目に遭《あ》わせられませんし」

「助かるよ」

バルボロッサ討伐軍の拠点となっている建物に立ち寄ると、思いがけない人物と再会した。

「石川様、ガベルディアス様、こんなに早く再会するとは。そして、まさかこの短期間で精霊術師になっているとは思いませんでしたよ」

グスタール将軍の配下、騎士ユリウスだった。

「ユリウスさんもお元気そうで。それで、俺達は何をすればいいんですかね？」

「精霊術師の方は、こちらが指定する船に乗っていただきます。バルボロッサ討伐の間は軍の中級士官扱いとなりますので、戦闘時は上官の指示に従ってください。ご案内しましょう」

良一とココが案内されたのは中型の木造帆船《はんせん》。造船所で見た護衛艦よりも若干大きかった。

「あれが石川様とガベルディアス様が乗る王国軍の船です。艦首に同じ精霊術師の方がいますよ」

ユリウスが言う通り、艦首に何者かの人影が見える。

早速乗船して、先ほど見えた人影に挨拶しに行くと……その奇抜《きばつ》な姿が目に入った。

「ユリウスさん、あの人が精霊術師の方ですか？」

「はい。Aランク冒険者であり、精霊術師のキャサリン・オレオンバークさんです」

クリッとカールした金髪が眩《まぶ》しいキャサリンは、良一よりも身長が高く、筋肉質の分厚《ぶあつ》い胸板の上に金属と革の合わさった軽鎧を纏っている。

何より目を引くのは、鎧にあしらわれた大量の鳥の羽や、襟《えり》や裾《すそ》についたヒラヒラのフリル。しかし決してケバくはなく、華美《かび》で整った美しさのある鎧だった。

ユリウスの声に反応して、キャサリンがこちらにへやってきた。

「あら、ユリウスさん。そちらの方は？」

キャサリンの口から発せられたのは、四十代ぐらいの落ち着いた渋い声だった。

どこからどう見ても男だが、失礼があってはいけないと思い、良一は小声でユリウスに尋ねる。

「あの、ユリウスさん。こちらは男性……ですよね」

「よく名前で女性だと思われるけど、立派な男よ」

キャサリン自らそう答えたものの、微妙《びみょう》にしなをつくって微笑《ほほえ》むものだから、良一の混乱は深まるばかり。ひとまず、女装《じょそう》したおじさんということで結論付けた。

「キャサリン・オレオンバークです。初めまして」

「石川良一です。これからよろしくお願いします」

「ココ・ユース・ガベルディアスです。初めまして」

握手《あくしゅ》をすると、がっしりした見た目通りの力強さを感じた。

早速、ユリウス、キャサリンを交えた四人で、討伐作戦について色々と話し合った。

キャサリンは、二週間前からバルボロッサ討伐に参加していて、一度バルボロッサと戦闘した経験もあるらしい。精霊魔法でバルボロッサの配下の船を一隻潰《つぶ》したそうだが、バルボロッサは逃してしまったとのことだ。

これから良一が乗船する船を含む三隻の船団で、バルボロッサの捜索《そうさく》に当たる予定である。

一日かけてバルボロッサがよく出る海域に行き、そこで二日間バルボロッサの捜索。四日目はケルクに帰港《きこう》し、五日目は補給や船の修繕《しゅうぜん》が行われる。この間、良一達乗員は休日となり、翌日また出航――というローテーションで回していくらしい。

「では、明日からお願いいたします。妹様達の面倒については、隊の女性騎士を派遣してフォローしますので、ご心配なく」

ユリウスと別れて宿に帰ることにしたところ、なぜかキャサリンもずっと良一の後をついて来る。

「キャサリンさんの宿も、こっちの方向なんですか？」

「ええ。魚の啇亭《つけ》に泊まっているの」

「それじゃあ、俺達と一緒の宿屋ですね」

「そうなの？　だったら、さっき言ってた妹さん達にお会いしたいわね。これからしばらく同じ船に乗る仲間のご家族には、挨拶しないと」

宿に着くと、入り口ホールの椅子にモアが一人で座っていた。

「良一兄ちゃん！　おかえ……り？」

モアは良一の姿を目に捉《とら》えて笑顔で走り寄ってきたが、後から入ってきた巨体のキャサリンを見て動きを止めた。

「あら、こちらが妹さん？　可愛らしいわね」

キャサリンさんが床に膝をつき、モアの目線に合わせてから大きな手を差し出した。

「キャサリン・オレオンバークよ。しばらくお兄さんと一緒に仕事をさせてもらうわ。よろしくね」

「石川モア、です。良一兄ちゃんの妹です」

モアはキャサリンの姿に面食《めんく》らっていたようだが、悪い人ではないと感じたのか、元気よく返事をして差し出された手を両手で握った。

「あら、お利口《りこう》さん。とても元気なお返事ね」

エントランスに留《とど》まっていては邪魔《じゃま》になると思い、キャサリンを連れて部屋に戻る。

「ただいま、メア、マアロ」

「おかえりなさい、良一兄さん、ココ姉さん。あ、あのそちらの方は？」

「お帰り。大きい」

メアとマアロも初めて見るキャサリンに驚いたようだが、すぐに人となりが分かったのか、打ち解けて楽しくおしゃべりをはじめた。

「あの、キャサリンさんは精霊術師なんですよね」

「メアちゃん、私のことはキャリーでいいわ。知人からもそう呼ばれているから」

「じゃあ、キャリーさん。精霊術師について教えてほしいです」

メアは精霊術師の先輩であるキャサリン改めキャリーに教えを乞《こ》うつもりらしい。

「あら、メアちゃんは勉強熱心ね。ココちゃんや良一君はともかく、あなた達三人まで精霊術師だっていうのには驚いたけど、身を守る術《すべ》があるに越したことはないわ。じゃあ、簡単なことから教えてあげる」

「ありがとうございます」

「乙女《おとめ》は守られているだけではダメ。お兄さんのためにも、強くなってね」

そうして、キャリーの精霊術師講座が始まり、良一とココも参加することになった。

「まずは精霊とお話ししながら、ちょっとずつ魔力を精霊門に通してみて」

実技を進めていく中で、メアとモアが背中に羽を生やして飛べると分かり、キャリーは二人を絶賛《ぜっさん》した。精霊門を通じて精霊の力を取り入れるのはかなりの高等技術なのだそうだ。

「こんなに可愛らしい妹さん達に囲まれて、良一君は幸せね。三人を置いていくのは心配だろうけど、騎士団が来てくれるなら大丈夫よ」

「私は恋人」

マアロの否定の言葉はモア達の楽しげな笑い声に呑まれて、虚《むな》しく消えていった。

◆◆◆

翌日から、王国軍の船に乗り込み、良一の海賊退治が始まった。

貿易港ケルクを出港して、二日目。船は目的の海域にたどり着き、良一とココ、キャリーは甲板《かんぱん》に出ていた。

甲板長の指示で船員達がテキパキと動いているが、精霊術師として乗船している良一とココとキャリーは操船《そうせん》には寄与していないので、作業の邪魔にならないようにしている。

見ているだけでは暇《ひま》なので、二人は周りに迷惑のかからない内容で、キャリーに稽古《けいこ》をつけてもらっていた。

「早くバルボロッサを討伐して、メアちゃん達のもとに帰らないとね」

「はい。それにしても、バルボロッサは現れませんね」

「見渡す限り穏やかな海ですね」

ココは海風に目を細めながら、水平線の彼方《かなた》に目をやっている。

「そりゃーそうよ、そんなに簡単に尻尾《しっぽ》を掴《つか》める海賊なら、私達が出張《でば》る必要はないもの」

「そういえば、魔法で船を操縦《そうじゅう》できないんですかね？」

良一は沖に出てから考えていた素朴《そぼく》な疑問を口にした。

「もちろんできるわよ」

「じゃあ、どうしてやらないんですか？」

「小さな船なら中級の魔法使いでも操船できるけど、この船くらいになると、私クラスの精霊術師が頑張《がんば》っても、一時間ももたないわね。早い話、効率が悪いの」

「なるほど」

「だから普通の航海では、船の加護を補助するように魔道具で揺れを抑えたり、海水を水に変えたりっていうことにしか魔法は使わないわね」

キャリーと話していると、白い軍服に身を包んだ船長のモネスがやってきた。

「お三方、茶でも一杯どうですかな」

角刈《かくが》りの髪には白髪が目立つが、日に焼けて黒い肌や海で鍛《きた》えられた逞《たくま》しい肉体は若々しい。船員達からの評判も高い好人物である。

「あら、モネス船長。是非ご相伴《しょうばん》にあずからせていただくわ」

「ご馳走《ちそう》になります」

「ありがとうございます」

モネス船長の後について行き、船内で一番上等な船長の部屋に招《まね》かれた。

「キャサリン殿は何度も一緒に海に出ていますが、石川殿とガベルディアス殿は今回からの参加でしたな。船の生活はいかがですかな？」

「ええ、皆さんには良くしていただいて、船も思ったよりも揺れが少ないので、気力体力どちらも充分です」

「私はココノツ諸島出身ですから、海の生活は慣れています」

「それは頼もしい。是非バルボロッサを見つけた際には、その力を発揮してくだされ」

キャリーがティーカップを置き、モネス船長に語りかけた。

「ところでモネス船長、今回の乗組員は前回までとは大分違うわね」

「ええ、船員達は甲板長や一部の上級航海兵を除いて、新兵が入ってきたのです。実際に船を動かすのが一番勉強になりますからな」

「なるほどね、顔馴染みになったあの子達は、他の船で頑張っているのかしら?」

「ええ、彼らも分散して他の船に乗船してますよ」

結局、バルボロッサが現れることなく日は過ぎ、船は四日目の夕方に貿易港ケルクへと戻った。

赤く染まりはじめたケルクの港が近づき、岸壁で手を振る人の姿も見えてくる。

「バルボロッサが現れなくて、ホッとしたような悔《くや》しいような」

「今回は襲撃がなかったんだから良いことですよ。あ、あそこで手を振っているの、モアちゃん達じゃないですか?」

ココが指差す方を見ると、確かに小さな子供が二人、ブンブンと手を振っている。

良一とココが手を振り返すと、それに気がついたメアとモアが飛び跳《は》ねて喜んだ。

ようやく船が接岸し、キャリーと一緒に船を降りると、姉妹の弾《はじ》ける笑顔と、マアロのはにかみ顔が迎えた。

「おかえりなさい、良一兄ちゃん、ココ姉ちゃん」

「おかえりなさい、良一兄さん、ココ姉さん」

「おかえり。約束通り、二人とも守った」

彼女達に付き添っている見知らぬ人物は、護衛に派遣された女性騎士だろう。

「ただいま」

良一が声をかけると、メアとモアとマアロが走り寄って抱きついてきた。

「良一兄ちゃん、モアが手を振ったの、気づいたでしょ⁉」

「お二人とも随分と日に焼けましたね。でも、日に焼けた良一兄さんも格好良いです」

「ここで騒ぐとみんな困ってしまうから、宿に戻ってからにしようか」

「「はーい」」

久しぶりの再会で盛り上がっていると、付き添いの女性が声をかけてきた。

「初めまして、ユリウス正騎士より仰《おお》せつかって、石川メア様、モア様、マアロ・フルバティ・コーモラス様の護衛を務めさせていただいております、準騎士のフェイ・レイ・マラサンです」

フェイは長い亜麻色《あまいろ》の髪を編《あ》み込んでまとめており、スラリとした細身《ほそみ》の女性だ。どことなく雰囲気が柔らかい感じがあるため、メアとモアは懐《なつ》いているようだ。

「妹達の護衛をありがとうございます」

「いえ、皆様優秀《ゆうしゅう》で、私にできることは少ないです」

「良一兄ちゃん、フェイ姉ちゃんね、ココ姉ちゃんみたいに剣がすっごく速いんだよ」

「フェイさんは、モアと遊んでくれたり、私達ともお話ししてくれたりして、すごく楽しかったです」

「そうか、良かったな。フェイさん、本当にありがとうございます」

「いえ、私も任務だと忘れてしまうほど楽しいですから。……では、私はこれにて」

「フェイ姉ちゃん、バイバイ！　明日も遊ぼうね」

「フェイさん、また明日」

フェイと別れ、宿に戻った良一達は、久々に柔らかい布団《ふとん》を満喫したのだった。

翌日は休養日ということもあり、キャリーとフェイも合流して、七人で遊んだ。

キャリーが力を込めた腕にメアとモアをぶら下げたままその場でグルグル回る。二人はこの遊びが気に入ったらしく何度もせがみ、しまいにはキャリーが目を回して倒れてしまった。

微笑ましくもあり、同時に立派な父性を感じた良一だが……驚くのはまだ早かった。

昼食の準備の手伝いを申し出たキャリーは、地球の食材や調味料を少し口に含んだだけで、全て十二分に美味さを引き出した料理を作ってみせたのだ。

あまりに鮮《あざ》やかな手際で良一は脱帽《だつぼう》するしかなかった。

「キャリーさん。凄く美味しいです」

「あら、嬉しいわモアちゃん。おかわりもたくさんあるから、いっぱい食べて大きくなってね」

モアが笑顔でキャリーの料理を頬張っている。

「でも、本当に美味しいです。同じ材料を使っているのに、俺の料理と何が違うんだろう」

「はい、良一兄さんも凄いですけど、キャリーさんも凄いです。私の目指す目標が増えました」

「あら、メアちゃん。美味しい料理の作り方なんて簡単よ？　食べてもらう人のことを考えて、気持ちをたくさん込めれば良いのよ」

長いまつ毛の目でバチコーンとウィンクを決めてくるキャリーから、そこはかとない母性を感じ、頬を引きつらせながら愛想《あいそ》笑いを浮かべる良一だった。

楽しい休日もあっという間に過ぎ去り、再び海に出る日が来た。

「じゃあ、また三日後にな。フェイさんに迷惑をかけるんじゃないぞ」

「はーい、いってらっしゃい、良一兄ちゃん、ココ姉ちゃん、キャリーさん」

「いってらっしゃい、良一兄さん、ココ姉さん、キャリーさん」

「いってらっしゃい」

メア達に見送られて、二度目の航海に出た良一達だったが、一日目、二日目は前回と同じくなんら変わりない平穏《へいおん》な海上生活が続いた。

三日目は小雨《こさめ》が降り、良一は与えられた部屋の中で魔法書を読んで過ごしていた。

船窓《せんそう》を覗いても視界が不明瞭《ふめいりょう》で、なんとなく心がざわつく。

突然、船内に鐘《かね》の音が響きわたった。

「何があったんですか」

部屋から飛び出すと、すでに鎧を身に纏い、真剣な表情のキャリーが待ち受けていた。

「良一君にココちゃん、海賊バルボロッサが現れたわ。すぐに着替えて。これから連中がいる海域にすぐに向かうことになるわ」

ココと良一も鎧に着替えて甲板に出ると、船員達が甲板長の指示に従って慌ただしく動いていた。

「魔法で風を送りましょうか」

火急《かきゅう》の事態なので、良一の提案は異論なく受け入れられた。

短い間だがキャリーの特訓を受けて、良一は少しだけリリィと精霊魔法を制御《せいぎょ》しやすくなっている。帆が破《やぶ》れないように注意しながら風を送ると、次第に船が速度を増した。

ほどなくして、進行方向から煙《けむり》が立ち上っているのが見えてきた。

「バルボロッサですか⁉」

初めて臨《のぞ》む海上戦闘とあって、ココが息を呑む。

「間違いないわ。良一君が吹かせた風のおかげで、戦闘に間に合いそうよ」

現場にはボロボロになった商船が三隻、これ見よがしに髑髏《どくろ》の旗《はた》を掲《かか》げた四隻の真っ黒な船に取り囲まれていた。

「なるほど、異世界でも海賊は髑髏の旗なのか」

「さあ、二人とも気張《きば》りなさい。可愛らしい妹さん達の所へ帰るために」

キャリーの一声を合図に、良一達は戦闘に介入《かいにゅう》しはじめた。

相手の機動力を奪うべく帆やマストを狙って、風の精霊魔法を撃ち込んでいく。

当然、海賊船からも反撃の魔法が飛んでくるので、魔法の制御に長《た》けたキャリーが中心になって迎撃《げいげき》し、攻撃を防ぐ。

その間も、甲板では船員達が白兵戦《はくへいせん》の用意を進めていた。

ようやく海賊船に横付けしたところで、魔法戦は一時中断した。

敵船の甲板の上には、商船の護衛と思《おぼ》しき鎧を着た人が何人か倒れている。

「王国の騎士様か、随分と早い到着だな」

「抵抗せずに投降《とうこう》すれば、この場では命はとらない」

良一の横にいた騎士が降伏勧告《こうふくかんこく》をするが、海賊達はふざけた様子でこれを笑い飛ばす。

その海賊達の中から、黒い帽子《ぼうし》をかぶった一際大きな人物が出てきた。

右手は鉤爪《かぎづめ》の義手《ぎしゅ》で、ボサボサの髭を伸ばした、実に海賊らしい出《い》で立ちの男が口を開く。

「騎士様達は海賊にも情けを見せてくれるらしい。だが、その提案、断らせてもらおう。騎士様の言うことなんか、死んでも聞きたくないんでな」

「ならば斬《き》り捨てるまでだ、バルボロッサ！」

味方の騎士が叫《さけ》び、一気に緊張が高まる。やはりこの男がバルボロッサらしい。

「さあ野郎ども、お客様方を手厚《てあつ》く歓迎してやりな！」

バルボロッサが告げると同時に、周りの海賊達がこちらの船に乗り移って襲いかかってきた。

「総員、海賊を討《う》ち漏らすな」

騎士や水兵達が剣を抜き放ち、海賊を迎え撃った。

近接戦闘は彼らに任せ、良一達は海賊船の魔法使いが放ってくる魔法の対処にあたる。

「良一さん、そっちに魔法が行きました」

「見えてる」

「向こうの精霊術師とは前も魔法を交えたけど、やはり相当な手練《てだ》れね」

バルボロッサの仲間にも精霊術師がおり、魔法攻撃は苛烈《かれつ》を極《きわ》めた。気を抜けば船体に大穴を空《あ》けられ、船が沈められそうだ。

「野郎ども、撤収《てっしゅう》だ！　奪った荷物が少ないが、これ以上やりあっても船の修理で赤字になる」

バルボロッサのがなり声が響くと、海賊達は即座にその場から離れて自船に戻りはじめた。

「逃がすな！　追撃《ついげき》に移る。総員、配置に戻り、帆を張れ」

良一達の船も再び帆を張り、逃げる海賊船を追いかける。

海賊船も速いが、魔法の風で増速している良一の船の方が速いので、次第に差が縮《ちぢ》まってきた。

しかし、あと少しというところで、突然目の前の海面がへこんで巨大な渦《うず》が発生し、良一達の船は避《さ》けることもできずに呑み込まれてしまう。

「風の精霊術師を連れてくるとはな。だがそれも対策をとれば危険はない。それでは諸君《しょくん》、ご機嫌よう」

姿は見えないが、バルボロッサの勝ち誇った声だけが聞こえてくる。

やがて、海面がゆっくりと元に戻り、潮流《ちょうりゅう》の異常が収まった時には四隻の海賊船の姿はどこにもなかった。

「まんまと逃げられてしまいましたね」

悔しさを滲《にじ》ませるココの肩を軽く叩き、キャリーが元気づける。

「今回は大分マシよ。いち早く駆けつけたおかげで商船は一隻も沈められなかったし、奪われた積荷もそれほど多くはないみたい。今までと比較すれば、被害は軽いわね。もちろん、バルボロッサの所業《しょぎょう》は見過ごせないけど」

良一にとって初めての海賊討伐は失敗した。

良一達の船団は予定を少し早め、襲われた商船と一緒に三日目の深夜にケルクへと帰港した。

報告を終え、キャリーと一緒に宿屋へと戻ると、メア達三人は気持ち良さそうに同じベッドで寝ていた。

「三人とも寝ています」

「そうね、可愛らしい寝顔を見ると疲れなんてとれちゃうんじゃない？」

「そうですね」

三人ともぐっすり眠っていたので、起こさないようにそっと扉を閉め、キャリーの部屋へと場所を移した。

「さて、良一君にココちゃん、こんな夜更《よふ》けに部屋に来てナニをするつもりかしら？」

「そんな誤解《ごかい》を招く言い方をしないでくださいよ」

「あら、ちょっとからかっただけじゃない」

可愛らしく舌をチロッと出しても、見た目がおじさんなので、余計に寒くなる。

変な空気を変えるために、良一は真面目《まじめ》な話を切り出した。

「今回、俺は初めてバルボロッサ達と戦ったわけですが。率直《そっちょく》に言って、強すぎると感じました」

キャリーはふざけるのをやめて、目を瞑って相槌《あいづち》を打つ。

「バルボロッサ本人は分かりますが、手下達も単なるゴロツキではなく、王国軍の水兵達と同じくらいの力量を持っていました。そして、最後に取り逃がす原因となった広範囲な魔法……。魔法の知識や戦闘経験が少ない俺でも、あれは異常だと思います」

「そうね、バルボロッサは世間一般に言われる海賊とは明らかに違うわね。最後のあれは恐らく精霊魔法でしょうけど……あそこまで広範囲で高威力の魔法は、才能のある精霊術師が修業を重ねなければ無理。並みの精霊術師……海賊やそれに近い生活を送ってきた者には使えっこないのよ」

良一とキャリーの疑念《ぎねん》に、ココも同意を示す。

「それは私も感じました。あの統率《とうそつ》された動きは、海賊と言うよりも、まるで軍隊のようなな……」

「もしかして、バルボロッサ達はどこかで訓練された工作員とか？」

「それも一つの可能性ね。王国軍もそれを疑っていて、他国の工作員である証拠《しょうこ》を掴もうとしているのだけれど、未だに確証《かくしょう》は得られていないのよね」

そうして、しばらくキャリーの部屋で話し合った後で部屋に戻り、良一は三人が寝ているベッドの隣のベッドに横になった。

「良一兄ちゃん！　ココ姉ちゃん！」

衝撃を感じて目を開けると、モアが良一に馬乗りになって顔を覗き込んでいた。

「あれ、良一兄ちゃんが帰ってくるの、今日だったよね？　でも、もう今日だから、良一兄ちゃんがいてもおかしくないのかな？　あれー？」

モアはなんだかよく分からない思考のループにはまっている。

腕時計で時間を見ると、朝の六時ちょっと前だった。

「モア達は寝ていたけど、昨日の夜中に帰ってきたんだよ」

「そっかー、おかえりなさい。良一兄ちゃん」

「ただいま、モア」

モアの体を手で抱き寄せてから、体を起こした。

「ココとメアとマアロはまだ寝ているみたいだな。モア、目が覚《さ》めて暇なら、一緒に朝の散歩にでも行くか？」

「行くー」

そうして、三人を起こさないように注意して、モアと二人で部屋を出た。

「じゃあ、港の方にでも行ってみるか」

「うん」

笑顔で頷いた後、モアが小さな手を差し出してきたので、手を繋《つな》いで港まで歩きはじめる。

「モアは精霊のかーくんと仲良くなったのか？」

「うん。キャリーさんに習ったことを練習して、それからかーくんといっぱい遊んで、たくさん仲良くなったの」

モアはそう言って、風の精霊のかーくんを呼び出した。

「かーくん、あれやって」

モアがそう言うと、かーくんは点滅してから良一の頭の上に乗った。

「かーくんは何をしようとしているんだ？」

「良一兄ちゃん、ジャンプしてみて」

「ジャンプ？　こうか？」

モアに言われるままにその場で軽くジャンプすると、体の中を風が通ったように感じる。

次の瞬間、良一は自分の身長より高く跳《と》び上がっていた。

「なんじゃこりゃ⁉」

「えへへへ、凄いでしょ？　フェイ姉ちゃんもビックリしてたよ」

どうやら、かーくんが魔法でジャンプ力を強化してくれているらしい。

そのまましばらく歩いて目的地の港に着くと、海沿いの道でばったりフェイに会った。

鎧こそつけていなかったが、腰には剣を帯び、長い髪はポニーテールにしてまとめてあった。結構な距離を走ってきたのか、額《ひたい》から玉のような汗が幾筋《いくすじ》も流れ、上気《じょうき》した頬が赤くなっていた。

「石川様、モアちゃん、随分と早いですね。おはようございます」

「フェイ姉ちゃん、おはよう」

「おはようございます。フェイさんはジョギングですか？」

「はい、朝の鍛錬《たんれん》で欠かさず走っているのです」

「はあ、それは凄いですね。俺も見習わないと」

「それでは、後ほどまた宿屋に伺いますので、失礼します」

フェイはそう言って律儀《りちぎ》に良一とモアにお辞儀《じぎ》をしてから、ジョギングを再開した。

「また後でね～」

フェイはチラリと振り返ってモアに軽く手を振ってから、走り去った。

「さて、太陽も上ってきたから、宿屋へと戻ろうか」

「はーい。あっ、良一兄ちゃん！　肩車して！」

「よし、来いモア」

かーくんの魔法で大ジャンプをしたモアが、良一の肩の上に飛び乗る。

しっかりとモアの両足を腕で固定してから宿屋まで軽く走った。


「良一兄さん、モア、おかえりなさい。出かけていたんですか？」

宿屋の部屋に戻ると、メア達は目を覚ましていた。

「三人とも、おはよう」

「お姉ちゃん、マアロちゃん、ココ姉ちゃん、おはよう」

良一とモアが挨拶を返すが、メアとマアロの二人は若干膨《ふく》れっ面《つら》になっている。

「朝の散歩に行くなら、私も連れて行ってほしかったです」

「恋人に気を使わせるの失格」

どうやら、モアと二人で散歩に行ったのが面白くなかったようだ。

「良一さんは二人が気持ちよく寝ていたのを起こしたくなかったのよ、分かるでしょ？」

ココが二人をなだめ、久しぶりに良一が朝食を作るということでこの件はチャラになった。

何を作ろうかと考えたところで、良一の頭に地球での記憶が鮮やかに蘇《よみがえ》った。

日曜日、朝早い現場に向かう前、早朝からやっている喫茶店《きっさてん》でモーニングを食べた時の記憶だ。そこで食べたピザトーストが無性《むしょう》に食べたくなったので、朝食はピザトーストに決定した。

良一は早速、フライパンでピザトーストを作りはじめる。

フライパンでトーストを焼きつつ、その上にケチャップベースのピザソースを塗り、トマトのスライスと、炒《いた》めた玉ねぎを載《の》せ、とろけるチーズで覆《おお》う。

あとは蓋《ふた》をしてチーズが良い具合に溶《と》けるまで待つ。

良一はチーズがとろけたところを見計《みはか》らって、熱々《あつあつ》のピザトーストを四人に差し出した。

「良一兄ちゃん、すっごく美味しい」

「やっぱり、良一兄さんの料理は美味しいです」

「うん、美味」

「船上と違って、塩《しお》っ辛《から》くないのが良いですね」

四人ともアチアチと言いながらも、とろけるチーズの美味さに驚き、どんどん頬張っていった。

「あら、とても良い匂いね。お呼ばれしてもいいかしら？」

匂いに釣られてキャリーも押しかけてきたので、一緒にピザトーストの朝食をとった。

「ところで良一兄さん。予定より早く帰ってきたのは、海賊討伐が終わったからですか？」

「いいや、バルボロッサとは戦ったんだけど、逃しちゃったんだ。まだ海賊討伐は終わりそうにないな」

「そうなんですか……」

メアが若干、声のトーンを落として呟いた。

朝食を食べ終わり、今日は何をしようか話し合っていると、フェイが護衛にやって来た。

「おはようございます。皆さんお揃いで、何を話し合っていたのですか？」

「いや、今日は一日何をしようかと」

「それなら、良い話があります。昨日、大道芸の集団がこの町へとやってきて、今日の午後から広場で芸をやると、呼び込みをしていました。それを見に行ってはどうでしょう？」

「だいどうげい？　メア、よく分からないけど、見てみたい」

「よし、決まりたな！」

早めに昼食をとって、場所取りで広場に向かうと、すでに多くの人が集まっていた。

広場はすり鉢《ばち》状になっていて、後ろからでも見やすいが、できるだけ最前列を確保すべく、全員で並んで待つ。

すると、次々とお客さんが集まってきて、あっという間に人で埋《う》め尽《つ》くされた。

「良一兄ちゃん、人がいっぱいだね」

「ああ。これだけ評判なら、期待できるな」

時間になり、仮面をつけた――恐らく男性が、広場中央のステージに登場した。

「皆様、長らくお待たせいたしました。我々、〝微笑みの馬車〟のショーへようこそいらっしゃいました」

服がダボダボで声も中性的なので、いまひとつ性別がハッキリとしない。

「私は微笑みの馬車の一団を率いる、団長のミズキと申します。今日は最後まで楽しんでいってください」

団長ミズキが頭を下げると、ボン！　と、小気味よい音が鳴り、団長の体が弾けてカラフルな煙になってしまった。

「人が爆発しちゃった！」

「どうやったんでしょうか？　良一兄さん」

うっすらとした煙が晴れると、いつの間にかそこには猫の獣人、鳥人、小人の氷像《ひょうぞう》が並んでいた。

次の瞬間、ステージの中央で火柱が上がる。

そして氷像が砕《くだ》けたかと思うと、中から氷像そっくりな生身《なまみ》の三人が出てきた。

「みにゃさん、こんにちは〜。まずは炎と氷の魔法を見ていただきましたにゃ。続いて、鳥人と小人の驚きの技をご覧にいれますにゃ」

猫の獣人の女性がそう言うと、鳥人が小人を抱えて羽ばたき、空高くまで飛び上がる。

そしてあろうことか、上空で小人の男性から手を放した。

落下する小人の男性を見て、会場から悲鳴が上がる。

小人の男性は膝を抱えて小さく丸くなり……ついに地面に激突《げきとつ》。

すると次の瞬間、ゴムのように鳥人の男性のいる高さまで跳ね返った。そして今度は鳥人が踵落《かかとお》としのような格好で小人の男性を蹴《け》り返し、地面と鳥人との間でラリーが始まる。

その間、上に下にと飛んだり落ちたりしながら、小人の男性は空中で回転し、ポーズを取る。

最後は再び鳥人の男性が小人の男性を受け止めて、演目《えんもく》が終わった。

その後も、見えない手を使ったジャグリングや、分身術を使っての超高速の組手《くみて》といった様々な演目が行われて、会場は大いに盛り上がった。

「凄い芸だったな」

全ての演目が終わり、出演者達と触れ合う機会ができると、全員で握手をしに行った。

「ホントに凄かった！」

モアはまだ興奮《こうふん》しているのか、鼻息荒《あら》く感想を言って猫獣人の女性と握手をした。

「ありがとうにゃ、またどこかで会えたら、見に来てほしいにゃ」

大道芸に大満足して、休日は終わった。

◆◆◆

「やっと現れましたね」

「そうね、今度こそ逃がさないわよ」

良一が海賊バルボロッサと初めて相対《あいたい》してから一ヵ月が経った。

あの後も何度か捜索にあたったが、バルボロッサの出現情報は全く出なかった。

キャリーはしばらく出てこないだろうと予想したが、その言葉通りになった。

そしてようやく、今日再び良一達が担当している海域付近でバルボロッサが現れたのだ。

鳴り響く警鐘《けいしょう》とモネス船長の大声で目を覚ました良一は、手早く着替えてから進行方向へと船の帆に風を送った。

「バルボロッサ達の腕前だと、もう一、二隻分の仕事は終わらせているでしょうね」

ようやく狼煙《のろし》を上げている現場に着くと、黒い帆に髑髏のマークの海賊旗をはためかす船が六隻もいた。

「数が多いわね。それに、こちらよりも大型な船になっているし……待ち伏《ぶ》せかしら？」

「前回は三対四で、今回は三対六……大丈夫ですかね」

「何を弱気になっているの、シャンとしなさい」

キャリーが良一の背中を叩き、気合いを入れる。

モネス船長は叩座に幹部騎士とキャリーらを招集し、作戦を立案する。

数で勝《まさ》る相手に遠距離戦を仕掛けても力負けすると判断し、このまま一気に突撃し、白兵戦で敵船を制圧する方針を取ることにした。

そして、この作戦の鍵を握るのは良一とココの二人である。

「このまま船をぶつけるぞ！」

モネス船長の叫び声が響き、乗員が足腰を踏《ふ》ん張って衝撃に備える。

良一達が乗る船は減速《げんそく》せずに海賊船の一隻にぶつかり、止まった。

上手くすれば衝角《しょうかく》で船体に大ダメージを与えられるチャンスだったが、海賊船の側も巧《たく》みな操船で直撃を避けた。

「おやおや、誰かと思えば、前に俺達の邪魔をしてくれた王国軍の船じゃないか」

バルボロッサがバカにしたように髭を撫でつけながら、しゃがれ声で尋ねてくる。

「何を白々《しらじら》しい！　私達を一網打尽《いちもうだじん》にせんと、わざわざ待ち受けていたのだろう」

「だとしたら、どうするんだ？」

「知れたことを、逆にお前達を捕縛《ほばく》し、背後関係を洗いざらい喋ってもらう！」

不利な状況ではあるが、モネス船長も海の男として負けじと啖呵《たんか》を切る。

「できるもんなら、やってみやがれ。お前ら！　騎士様達を可愛がってやんな」

バルボロッサの叫びを合図に、戦闘が始まった。

「良一さん、私は準備ＯＫです」

「じゃあココ、行くか。キャリーさん、打ち合わせ通りに」

「頼むわよ」

キャリーに頷き返してから、良一とココは船を飛び出した。

「リリィ、修業の成果を見せるぞ！」

『任せなさい』

良一とてこの一ヵ月を無為《むい》に過ごしてきたわけではない。リリィと一緒に修練《しゅうれん》を積み、モアやメアのように自由自在に飛ぶまでには至《いた》らないが、空中に風の足場を組むことができるようになった。

風の足場は弾力があり、最初の頃は上手く乗れずにバランスを崩して転んでいたが、今ではその性質を活《い》かして走ることもできるようになった。

ココとともに海面スレスレを走り、味方船三隻から一番離れた大型の海賊船へと乗り込んだ。

「なんだ、お前は⁉」

甲板で離れた戦場を見ていた海賊は、まさかいきなり敵が乗り込んで来るとは思わず、素っ頓狂な声を上げる。

「敵だよ」

良一はすかさず分身体を召喚《しょうかん》して、海賊へと攻撃を仕掛けた。

「て、敵襲〜！」

良一とココの二人だけだと思ったら、突然大量の分身体が現れ、驚いた海賊の下《した》っ端《ぱ》が慌てて大声で仲間を呼んだ。すぐに大型船の船内からもワラワラと海賊が出てきた。

ココは抜刀《ばっとう》して群がる海賊を次々と斬り伏せる。

良一と分身体もココやキャリーに鍛《きた》えられた剣で海賊を迎え撃つ。

しかし、海賊達はただの荒くれ者というわけではなく、剣術の腕では良一を上回《うわまわ》っていた。やはり正規《せいき》の戦闘訓練を受けた相手のようだ。

それでも、ワラワラと湧き出す分身体に賊どもは困惑を隠せない。

「何なんだこいつは、同じ顔が何人も……⁉」

個人の剣技だけでは相手にならないだろうが、分身という数の力と精霊魔法を駆使《くし》して仕留《しと》めていけば、戦闘は良一の側に有利な状況である。

やがて、甲板上の敵はあらかた無力化し、戦闘は終局《しゅうきょく》へと推移《すいい》していった。

「リリィ、この船を沈めるぞ」

モネス船長とキャリーらと立てた作戦は、良一とココの二人による電撃戦で、精霊魔法の高威力と高機動に加え、分身体という数の力で手薄《てうす》な船を一気に制圧してしまおうというものだ。

『了解、いくわよ～』

良一は甲板から飛び降りて海上に脱出すると、船の周りを風で包み込み、船の形に合わせたラグビーボールの形に整えて海中に沈めていく。

「やめろ～、俺達の船が！」

「助けてくれ～」

「こ、こんなことができるなんて、化け物だ～」

海賊船に残っていた下っ端の海賊達が阿鼻叫喚《あびきょうかん》の悲鳴を上げているが、良一はこれを無視して容赦《ようしゃ》なく船を沈める。

ついにマストの先端《せんたん》までもが消え、船は完全に見えなくなった。

「よし、リリィ。大変だろうけどキープしておいてくれ」

『任せなさい。けど、早くしてね』

良一は意識を切り替えて次の海賊船へと襲いかかる。ココは一足先に移動していた。

「君達、面倒くさいことをしないでもらいたいな～」

船を移った瞬間、年若いながらも妙に気《け》だるい感じの声が聞こえた。

すぐに分身体を差し向けたものの、水の刃で斬《さ》り裂かれてあっという間に消滅《しょうめつ》した。

良一の目の前にいるのは、灰色のローブを身に纏い、目が大きくギョロッと飛び出した薄気味《うすきみ》の悪い男。彼の仕業《しわざ》らしい。周りにいる五人の兵士も、下っ端海賊とは違う鎧に身を包んでいる。

「水の精霊魔法使い……大渦《おおうず》を作った奴か」

「大渦？　船長に言われて時間を稼《かせ》ぐために不完全な状態で発動しただけだし」

「今すぐ抵抗をやめて、投降しろ」

「嫌だよ、捕《つか》まるのなんて面倒くさい。それより、どうしてこの僕が海賊まがいのことをしなくちゃいけないんだ。大体、僕は帝国魔術院の特別研究員なのに……」

「帝国魔術院？」

思わず口を滑《すべ》らせてしまったのか、薄気味の悪い男は一瞬そのギョロッとした目玉をさらに大きく見開いて、右手の親指の爪を噛《か》みはじめた。

「あ～、言っちゃいけなかったんだ。だけど、お前を殺しちゃえば関係ないか」

そう言い終わるや否《いな》や、ローブの男が複数の水の刃を放ってきた。良一もすかさず風の刃でこれを相殺《そうさい》し、身を守る。

「抵抗しないでよ。どうせ死ぬんだから、僕の手を煩《わずら》わせないでよ」

ローブの男は苛立《いらだ》たしげにブツブツ言いながら、次々に水の刃《やいば》を放ってくる。その一撃はどれも威力が高く、発動スピードも良一よりも速い。

なんとか対等に渡り合っているものの、分身体を盾《たて》にして相討《あいう》ち覚悟《かくご》で死に物狂いに魔法を放っているだけのことで、いつこの均衡《きんこう》が崩れるか分からない。

「良一さん、大丈夫ですか!?」

良一の危機を察し、船の別の場所で戦っていたココが駆け付け、帝国魔術院の精霊魔法使いに斬りかかる。

「ああ、本当に面倒くさいな～」

ローブの男は見かけによらぬ身のこなしでココの剣をヒラリと避けながら、魔法を使い続ける。

精霊魔法は一段と激しくなり、水の精霊魔法と風の精霊魔法の応酬《おうしゅう》の余波《よは》で、船はボロボロになりはじめていた。

「これ以上奴とやり合っても仕方ない。状況を打開するために船を沈めるぞ」

『良一の言う通りよ。一気にやっちゃいましょ！』

良一は分身体に風の精霊魔法を使わせて目くらましを行うと、さらにリリィに魔力を流し、足下へと巨大な風の刃を放った。

「あっ、また面倒くさいことを～」

「うわあ、船が！　総員退避《たいひ》！」

敵兵達も、良一が何をしたか気づいたらしく、沈没の巻き添えにならないように次々と海に飛び込んでいく。

直後、良一が乗っている船が、パックリと真《ま》っ二《ぷた》つに割れた。

「船が二隻もやられた。これ以上の損害《そんがい》は認められない。これはお前にも責任があるぞ」

「あーあー、面倒くさい、面倒くさい、面倒くさい……！」

指揮官らしき男にどやされ、ローブの男が怒りを爆発させる。

これ以上この場に留まっては沈没に巻き込まれるので、良一とココは海面に飛び降り、風の精霊魔法で脱出した。

「お前の顔を覚えたからな、次に会ったら殺す。絶対にだ！」

ローブの男は目を血走らせて口から泡《あわ》を吐きながら、逃げる良一達に向かって絶叫《ぜっきょう》してくる。

その罵声《ばせい》を背に、良一は風の足場を使って海上を走って味方の船へと戻った。

「良一君、おかえりなさい。首尾《しゅび》はどうだったのかしら？」

キャリーが海賊船から飛んでくる魔法を、火の精霊魔法で防ぎながら話しかけた。

「一隻は捕獲《ほかく》できましたけど、敵方の水の精霊術師が思った以上に強力で、一隻は沈めてしまいました」

「むしろ、充分な成果よ。一隻あれば問題ないわ」

一方、海賊船の方でも動きがあった。どうやら撤退《てったい》準備を始めたようだ。

「このままだと、また逃げられてしまうわね」

「もう一暴《ひとあば》れしますか？」

「そうね。私とココちゃんで行くわ。敵の精霊術師を何人か仕留《しと》めておかないと」

逃走準備に入ったためか、敵の魔法も散発的《さんぱつてき》になってきたので、この程度なら良一が防御に徹《てっ》すれば防げる。

個人の技量で勝《まさ》るキャリーとココが、海賊船へと乗り込んでいった。

しばらく魔法を防いでいると、一際大きな戦闘音が聞こえて、前方の海賊船から巨大な火柱が上がった。

「あれ、キャリーさんがやったのかな……」

結局、六隻だった海賊船のうち良一とキャリーがそれぞれ一隻ずつ二隻を破壊《はかい》して、一隻は捕獲し、一隻は王国海軍が制圧した。見事に数は逆転《ぎゃくてん》している。

しばらくすると、良一達の船に、敵船に乗り移っていた王国海軍の兵士が戻ってきた。

「どうなったんですか？」

「戦闘終了だ。パルボロッサは捕《と》らえたが、水の精霊術師や一部の海賊は逃してしまった。それでも、成果は充分だ」

続いて、キャリーが数人の兵士とともにバルボロッサを連行してきた。

「おかえりなさい、キャリーさん。怪我をしているみたいですが……大丈夫ですか？」

見ると、キャリーの腕には応急処置の包帯が巻かれていて、血が赤く滲んでいる。

「ええ、バルボロッサを捕らえる時におてんばをしちゃった」

バルボロッサを船底の牢屋《ろうや》に繋いだ後、甲板の上で船長のモネスが勝利宣言をした。

「海賊の首領を捕縛した。我々の勝利だ！」

「おおおおー！」

甲板上に集まった兵士達が大きな歓声を上げる。

「これで海賊討伐は終わりですか？」

良一の問いかけに、キャリーがしみじみと頷いた。

「そうね、これでもうモアちゃん達を置いて海に出る必要はないわね」

「早く会いたいですね」

それから、海中に沈めておいた海賊船を浮上させ、逃げ遅れた海賊の下っ端を捕虜《ほりょ》にしてから、貿易港ケルクへと帰港した。

◆◆◆

「ただいま」

「おかえりなさい良一兄さん、ココ姉さん、キャリーさん」

「おかえり、良一兄ちゃん、ココ姉ちゃん、キャリーさん」

「おかえり」

海賊バルボロッサの捕獲と海賊船を拿捕《だほ》した報せは、伝書鳥《でんしょばと》を使ってケルクに届けてあったので、夕方に帰港すると、メアとモアとマアロの三人が待っていた。

「石川様、ガベルディアス様、オレオンバーク様。バルボロッサ捕獲及《およ》び海賊団の討伐、お疲れ様でした」

三人の後ろに控《ひか》えていたユリウスとフェイも、戻ってきた三人を見て顔を綻ばせた。

「キャリーさん、怪我してるんですか？」

キャリーの腕の包帯に気づいたメアが心配そうに眉をひそめると、真面目な顔のマアロが一歩前に出た。

「まかせて」

マアロはキャリーを近くのベンチに座らせ、包帯を解《ほど》いて傷の状態を確認した。

「ありがとうね、マアロちゃん」

マアロの太もも以上の太さがあるガッシリとした腕に、回復魔法の温かい光が触れると、まだ血が滲む生々《なまなま》しい刀傷《とうしょう》が次第に小さくなり、やがて跡形《あとかた》もなく綺麗になった。

「……これで治った」

「本当に綺麗に治ったわ。半袖《はんそで》だと見える位置に怪我をしちゃったから、内心傷付いていたんだけど……。本当にありがとう。今度何かお礼のお菓子を作らせてもらうわね」

「いっぱい食べたい」

「皆様、宿まで馬車を用意してあります。明日、今回の報告会と祝勝会をいたしますので、本日はこのままお休みください」

フェイが手配した馬車に乗り込み、その日は翌日に備えてすぐに床《とこ》に就《つ》いたのだった。


「モネス船長、オレオンバーク殿、ガベルディアス殿そして石川殿、バルボロッサの捕獲及び海賊団の壊滅《かいめつ》、ご苦労だった」

貿易港ケルクのバルボロッサ討伐のための拠点となっている建物で、グスタール将軍への報告が行われていた。将軍とはドラゴン討伐の祝勝会以来の再会だった。

「モネス船長、立派に職務《しょくむ》を果たしたな、部下の海兵達を存分に労ってやってくれ。オレオンバーク殿と会うのは四年ぶりくらいか。此度《こたび》の大戦果は貴殿《きでん》の協力あってこそだ。改めて礼を言いたい。それから、石川殿とガベルディアス殿は公都グレヴァール以来だな。ドラゴン討伐の次は海賊討伐か、結構、結構」

将軍は一人一人労いの言葉をかけていく。

「そういえば、石川殿が戦った水の精霊術師は、帝国魔術院の特別研究員だと言っていたそうだな？」

「ええ、思わず口走ったという感じですが、確かにそう聞こえました」

「まあ、事実関係についてはバルボロッサや捕らえた海賊達を尋問《じんもん》して調査する。ともあれ、これで海賊騒動は終結《しゅうけつ》に向かうだろう」

それから一通り細かい戦果や被害の報告、尋問状況などが共有され、バルボロッサ捕獲の報告会は解散になった。

夜には海兵達も参加する大々的な祝勝会が行われるが、それまでは自由時間だ。皆がぞろぞろと部屋を出ていく中、グスタール将軍が良一に声をかけた。

「石川君、少し時間をもらえないかね。なに、長くはかからない」

「……？　ええ、構いませんが」

ココとキャリーには外で待っていてもらうことにして、将軍と良一、それから何人かの軍幹部だけが部屋に残った。

「すまないね、石川君。さあ、座ってくれたまえ」

グスタール将軍に勧められて椅子に座る。

「君に残ってもらった理由だが、君の爵位に関することで話がある」

「爵位ですか？」

「ああ。グレヴァールでの爵位授与式の後にも言ったが、君は今名誉騎士爵で、功績を挙《あ》げれば士爵《ししゃく》になることができる。君は今回の海賊討伐に多大な貢献《こうけん》をしてくれた。特に、大型船を鹵獲《ろかく》した功績は大きい。それで、三ヵ月後に王都で行われる王国会議で君の陞《しょう》爵《しゃく》を推薦《すいせん》しようと思う。それもあって、会議に合わせて、王都まで来てもらいたい」

「王都に？　それはまあ……構いませんが」

「よろしい。海賊討伐で武功《ぶこう》は充分。あとは……そうだな、財政の面での功績を挙げれば、陞爵は確実だ。期待しているよ」

体裁《ていさい》は〝お願い〟だったが、グスタール将軍の迫力《はくりょく》を前にしては断ることができず、王都へ行くことを約束させられた。

「これは少し面倒なことになったな」

ため息を吐きながら部屋を出て、外で待っていたココとキャリーと合流する。

祝勝会にはメノやモアやマアロも呼べるので、とりあえず一度宿屋に戻り、三人を呼びに行くことにした。

「おかえりなさい、良一兄さん、もう祝勝会に行くんですか？」

「ただいま、メア。出かけるのはもう少ししてからだな」

キャリーと一緒に宿の部屋に戻ると、留守番《るすばん》をしていたメア、モア、マアロが良一達を迎えた。

「ところで良一さん、さっきは将軍となんの話をしていたんですか？」

ココは将軍と話してから、何か悩《なや》んでいる様子の良一が気になっていたらしい。

「それについてなんだが……みんなも一緒に聞いてくれ」

良一は、将軍から爵位について話があったこと、さらに何か手柄《てがら》を立てた上で、三ヵ月後に王都に向かわなければならないことを皆に伝えた。

「それはなんというか……凄いわね。ここから王都まで行くとなると、船でクックレール港まで大体十日。そこから馬車で二週間くらいってところかしら。長旅になるから、きちんと準備しないといけないわね」

「ココ姉ちゃんはどうするの？　海賊がいなくなったから、お家に帰るんだよね？」

モアがキョトンとした表情で尋ねてくる。

良一が気にしていたのも、その点だ。

ココが故郷に帰ると決めてから大体一月半ほどが経ってしまったが、バルボロッサが捕縛された今、船の往来《おうらい》は徐々に戻るだろう。

しかし、取り逃がした精霊術師や、帝国の背後関係など、まだ安心できない要素もある。

もしまた別の海賊が横行《おうこう》して海路《かいろ》が使えなくなるなどのリスクを考えると、ココと長期間別行動を取るのは果たして正解と言えるだろうか？

何せココノツ諸島までは船で片道半月。そう簡単に行き来できない。

短くない期間を一緒に過ごし、ココの実力は理解しているが、いざ離れるとなると不安が胸にこびりついているのは事実である。

「それでなんだが……ココ、今まで特に何も言わずに、なんとなく成り行《なゆ》きで一緒に行動してきたけど……改めてお願いがある。冒険者として、共に過ごしてきた仲間として、これからも一緒に行動したい。俺と、正式にパーティを組んでくれないか」

良一は、冒険者ギルドで聞いたパーティという仕組みについて思い出し、ココにそれを申し入れた。

冒険者ギルドでパーティ申請《しんせい》を行うと、依頼達成金が――倍率はわずかだが――上乗《うわの》せされ、提携《ていけい》店での値引きにもパーティ割が適用されるなどの金銭《きんせん》的メリットがある。どうやら、個人で依頼にあたるよりも複数人で協力した方が依頼達成確率が上がるため、ギルドとしても推奨《すいしょう》しているようだ。

もっとも、資金がある良一とココにはあまり大きなメリットではないが、これから先も一緒に行動するならば、パーティを組んだ方が良いのは間違いない。

全員が見守る中、良一は緊張の面持《おもも》ちでココに手を差し出す。

なんだか愛の告白をしているみたいな、妙な空気で満たされて、宿の部屋はしんと静まりかえる。

突然のことに驚き固まっていたココだが、沈黙《ちんもく》に耐えられず顔を真っ赤《まか》にする良一を見て、笑いながらその手を握り返した。

「私も……故郷を出て剣の修業をしながら王国の各地を見て歩いてきましたが、良一さんと過ごしたこの数ヵ月の経験は、まるで数年に値《あたい》するくらいに楽しくて、濃《こ》いものでした。私の方からも、よろしくお願いします」

二人はガッチリと握手を交わす。

少しばかり感動的な雰囲気だったが……そんな空気はマアロの突撃によって霧散《むさん》した。

「恋人の前で、良い度胸《どきょう》。ココは可愛いが、私が本命。いや、本妻《ほんさい》」

「誰が恋人で本妻だ……」

相変《あいか》わらずの言動だったが、照れくささが紛《まぎ》れて、少し助かった良一だった。

「モアもココ姉ちゃん、好き！」

「私も、ココ姉さんの故郷が見てみたいです！」

メアとモアも、二人のパーティ結成には大賛成のようだ。

「ココノツ諸島……私も行ってみようかしら」

良一達のやり取りを微笑みながら見守っていたキャリーが、ぽつりと呟いた。

「いいんですか？」

「ええ、元々ソロの冒険者だけど、時々他の冒険者パーティに同行したりもしていたから

ね。みんなと一緒にいると楽しいし、迷惑でなければ同行させてもらうわ。海賊討伐で結構な額《がく》の報奨金《ほうしょう》が手に入るでしょうから、しばらくは依頼を受けなくてもよさそうだし」

「迷惑だなんて、とんでもない。キャリーさんが同行してくれるなら、俺達も嬉しいですよ。こちらから頼みたかったくらいです」

海賊討伐にあたった一ヵ月間で、ココ以上の冒険者ランクを持つキャリーの実力をまざまざと見せつけられていた。積み重ねてきた熟練の技や魔法に対する知識は頼もしい。見た目は奇抜だが、中身は常識人で、細やかな気遣いができる。五人は全員、そんなキャリーが好きだった。

「そう言ってくれると嬉しいわ。何せ、こんな見た目でしょ？　あまり馴染めなくてね……。それに、実は私……神の加護も持っているの。神の加護を持っていて、精霊術師でもあるっていうのは、とても珍しいことなの。それを知ると、皆ますます変な目で見たわ。まるで化け物を見るような目だった。若い頃は何度かパーティを組んでみたけど、すぐに空気が悪くなって……結局抜けさせてもらったわ」

キャリーは昔を思い出して、少し遠くを見ながら口を開く。

「でも、良一君やココちゃん、メアちゃん、モアちゃん、マアロちゃんは、そんな私を家族みたいに受け入れてくれた。こういうの、久しぶりだったわ」

「キャリーさん、モアも加護を持ってるよ？　それに、お姉ちゃんも。良一兄ちゃんと神殿に行ったら、もらえたの」

「姉妹で加護を得られるなんて、凄いわね。神の加護なんて、簡単には手に入らないものよ？　私だって、職業ギルドはともかく、神官の祝福で加護を得た人を見たのは初めて。でも、加護を得ているなら……きっとその分野の才能があるってことね」

キャリーに凄いと言われて、メアもモアも満更ではなさそうだ。

こうして、良一達もココの里帰りに同行して、その後王都を目指すことになった。

「……じゃあ、ココの故郷のココノツ諸島へはいつ出発しようか？」

「海賊討伐でさんざん船に乗って疲れましたし、一週間後の定期便でいかがですか？」

「確かに、しばらく陸の上で過ごしたいな」

このココの意見に誰も異論は挟まず、出発の日取りが決まった。

「じゃあ出発まで何をしよう？　またラグーンに行って遊ぼうか」

「なら、神の加護と精霊の力のレクチャーをしましょうか。今までは休日でも短い時間でしか教えられなかったけど、時間があるから手取り足取り教えるわよ」

キャリーが手をポンと叩いて提案した。

「それはありがたいです。メアとモアはどうする？」

「キャリーさん、モアにいっぱい教えてほしいです」

「私も、良一兄さんの助けになれるように、修業したいです」

「頑張る」

「私も、Aランク冒険者から直々《じきじき》に指導していただけるなら、是非お願いしたいです」

「みんな良い返事ね、じゃあ明日からビシバシ行くわよ。でもその前に、祝勝会で腹ごしらえしないと」

無事に予定が決まったので、着替えてから祝勝会に六人で向かった。

その日は集まった兵士達とともに大いに盛り上がったのだった。

◆◆◆

翌日からキャリーによる神の加護及び精霊魔法講座が始まった。

神の加護については、良一が知っていることもいくらかあったが、それでも、初めて聞く内容も多かった。

神の加護の効果で共通しているのは、レベルが上がった時にステータスにボーナスがついたり、体が丈夫になったりすることだ。

しかし、同じ加護でも効果は常に一定というわけではないらしい。たとえば、良一が得ている森と木材の神ヨスクの加護は、森で修業をしたり、木材を製材したりすると、加護の効果が上がる。そして、加護の力の最《さい》たるものは、神器の存在だ。

「神の加護が高まると、時間制限付きだけど、神器と呼ばれる物を出すことができるのよ」

「キャリーさん、それ、見せて見せて！」

「ふふふ、見せたいのは山々だけど、体に大きな負荷《ふか》がかかるから今は無理よ。海賊討伐の時に使ってしまったしね。使用してから半月は使えないの」

「えー、見たかったな～」

そうして修業をしたり遊んだりしながら過ごし、一週間が経った。

定期船に乗るために港へと向かうと、フェイが見送りに来てくれていた。

「フェイさん、わざわざありがとうございます」

「いいえ、せっかく仲良くなったのですから、お見送りくらいさせてください。それから、騎士団はあと数日で王都に帰還《きかん》します。私はこの遠征《えんせい》任務が終わったら、王都の警備《けいび》隊に配属される予定です」

「そうなんですね。じゃあ、当分は王都暮らしですか」

「はい。メアちゃん、モアちゃん、マアロちゃん、王都に来たら騎士団を訪ねてくださいね。王都を案内しますよ」

「フェイ姉ちゃん、また遊んでね」

「三人を護衛できて楽しかったです。皆さん、良い旅を」

「フェイさんも、お気をつけて！　じゃあ、みんな、船に乗るぞ。メアにモアにマアロ、酔《よ》ったら言えよ。酔い止めの薬はあるからな」

手を振るフェイに見送られ、定期船は出航し、陸から離れていく。

「良一兄ちゃん、ケルクが小さくなっていくね」

「そうだな」

モアの身長では景色が見えにくいので、抱きかかえて景色を見せてやる。

「良一兄ちゃんは、こんな船に乗って悪い人と戦っていたんだよね」

モアが良一の体にギュッとしがみついてきた。

「そうだな、でも、モアやメアのためになると考えたら一杯力が湧いてきたよ」

「本当？」

「ああ。だからこうして一緒に海を渡れるのは、モア達のおかげだな」

「えへへ。あっ、鳥さんだ」

「本当だ。綺麗な鳥だな」

こうして、良一は初めて異世界に降り立った地であるメラサル島から離れたのだった。

三章　後継者争《こうけいしゃあらそ》い

「良一兄ちゃん、あそこの島はなんて名前？」

「あそこは、トント島だな。地図の情報によると、何十人か人が住んでいるみたいだ」

モアを肩車しながら、ゴッドギフトの万能地図を見て質問に答える。

「良一君、モアちゃん、お茶にしない？」

野太《のぶと》い男性の声で呼ばれ、良一はモアの足をきちんと掴んでから振り向いた。

「キャリーさん、三時のおやつ〜？」

「そう。メアちゃんが淹れてくれるって。昨日よりも腕を上げたわよ」

モアがブンブンと手を振っているので少しふらつくが、良一は足腰を踏ん張ってモアを下ろす。

胸元《むなもと》で手をピコピコと振り返すキャリーの後に続いて、良一達は船室に戻った。

「二人を呼んできたわよ」

カレスティア大陸に向かう定期船に乗り込んだ彼らは、一般客室の四人部屋を二つ取っている。

狭くはないが、人数分の二段ベッドと小さなテーブルがあるだけの殺風景《さっぷうけい》な部屋で、椅子に座りきれない者はベッドに腰掛けていた。

「今日のお茶は期待してくださいね、良一兄さん」

メアはテーブルの上にティーポットを置いて、お茶を準備している。

「それじゃあ、メアのお茶を飲ませてもらおうか」

「今日は昨日よりも美味しく淹れてみせます」

メアは長い船旅の間、裁縫《さいほう》や簡単な軽食を習っていて、その成果の発表として毎日午後三時にお茶を淹れてくれる。

船で出る食事は保存食が中心で、お世辞にも美味しいとは言えなかったが、時々良一が提供する新鮮《しんせん》な食材が歓迎されて、空《あ》いている時間は自由に調理場を使わせてもらえるのだ。

「メアちゃん、昨日のお茶も美味しかったよ」

「良一、今日のお菓子は何？　ドーナツ？」

ココが椅子に座ってお茶を待つ一方、マアロはお茶菓子の方が気になるらしい。

「ドーナツは一昨日食べただろ。今日はクッキーにでもするか」

全員にお茶とクッキーが行き渡り、メアの淹れてくれたお茶を一口飲む。

「美味しいよ、メア」

「お姉ちゃん、とっても美味しいよ」

「昨日よりも香りが深くて、とても心地《ここち》よいです」

「ありがとう。でも、キャリーさんの味にはまだまだだから、明日も頑張ります」

ひたむきなメアにホッコリとしながら、三時のおやつの時間は過ぎていった。


大きな嵐《あらし》にあうこともなく航海は順調に進み、良一達はキャリーから教えを受けたり船で貸し出された釣竿《つりざお》で釣りをしたりしながら快適な時間を過ごした。

「ココ、船員さんの話じゃ、そろそろ大陸が見えてもいいみたいだけど」

「そうですね。あれは主に沿岸部《えんがんぶ》に巣を作る鳥だから、港は近いかもしれませんよ」

万能地図を確認すると、確かに港が近いので、その日は朝から全員で甲板に出て進行方向に目を凝らしていた。

そしてほどなくして、遠くに大陸が見えはじめた。出航から八日目の午前中のことだった。

「モア、メア、カレスティア大陸が見えてきたぞ」

「え〜、見たい見たい！　良一兄ちゃん、肩車して」

「私も！　私も見たいです」

「あそこが、王国の玄関口とも呼べるクックレール港か。午後には着きそうだから、今日は宿を取って、ココノツ諸島の定期連絡船を探そう」

「そうですね、ココノツ諸島はメラサル島よりも近く、定期船の数も多いですから、すぐ見つかると思いますよ」

メアとモアにとって初めての船旅は、無事に終わったのだった。


「よしきた。行くぞ」


「よし、到着」

「とうちゃ～く」

船にタラップがかけられ、モアの手を引いて一緒にカレスティア大陸に降り立つ。

「良一君、メアちゃんもお願いね」

キャリーの声で振り向くと、メアが船の縁《へり》に掴まったままこちらを見ていた。

タラップには手すりがついているのだが、揺れるうえに高低差があるため、まだ背の低いメアは一人で下りるのが怖いようだ。

「メアもしっかりと手を繋いで。下は見ない方がいいな」

ぎしぎしときしむタラップをもう一度上がり、メアの手を引いて再度港に下りる。

クックレール港に到着した六人は、陸酔《おかよ》いでふらつきながら、ココノツ諸島への船を探した。

するとタイミング良くサングウ島への定期連絡船が昨日到着していたらしく、二日後に出発する便を押さえることができた。

ちなみに、ココの故郷の島には、サングウ島からさらに別の船に乗り換えなければならないようだ。

一行は、そのままキャリーが勧める宿屋へと向かった。

「ここの宿は魚料理が美味しくて、部屋も綺麗なのよ」

「港からも近くて海に面していますし、景色も良さそうですね」

ちょうど空《あ》き部屋があり、皆も気に入ったので宿は決定した。

「明後日の出港だから、明日は一日観光だな」

「ここは色々な島や外国との貿易や交通の拠点になっているから、珍しい物があるわよ」

「それから、神殿もある」

キャリーの説明に、マアロが付け加える。

神殿があるなら、神白の話にあった新しい加護を手に入れられるかもしれないと良一は思った。

色々とやりたいことが出てくるが、さすがに長い船旅で疲れていたので、その日は宿で早めの夕飯を食べて睡眠《すいみん》をとることにした。

「良一兄ちゃん、早く、早く行こ」

クックレール港に着いた翌日、六人は連れ立って町に繰り出した。

やはり大陸の交通の要所とあって、少し歩いてみただけでもメラサル島の貿易港ケルクよりもさらに規模が大きく、賑わっているのが分かる。

宿の人に聞いた観光名所は、旧大灯台と、珍しい物が集まる市場、海の大母神ザウォームの神殿の三つ。足を延ばせばもっと色々あるが、一日で回るならこの三つが定番らしい。

「じゃあ、近い所から見て回ろうか。まずは旧大灯台だな」

「そうしましょう。人通りが多いから、はぐれないようにしないといけないわよ」

「そうだ。キャリーさんにもこれを渡しておきます。はぐれてしまった時にも近距離なら連絡が取り合えるんで、使ってください」

良一はアイテムボックス内でみっちゃんがインストールされている腕時計型デバイスを複製してキャリーに手渡した。

「でもこれ、貴重な物でしょ？　悪いわ」

「キャリーさんには色々教えてもらっていますし、メアやモアの面倒を見てもらっているんで、そのお礼をしないといけないと思っていたんです。だから気にしないでください」

「そう……なら、ありがたくいただくわ」

簡単に使い方を説明をすると、キャリーは嬉しそうに手首に巻いた。

「これでみんなお揃いね。なんだか嬉しいわ」

「おそろ～い」

モアやマアロも自分の手首に巻いているデバイスがよく見えるように掲げる。

「さあ行きましょう。観光を楽しまなくちゃ」

「モア、迷子《まいご》にならないように手を繋いで行くぞ」

「は～い」

モアに手を差し伸べると、なぜかマアロも執拗《しつよう》に手を繋ぎたがったので、二人の手を引いて人混みの中に入り込んだ。

「ここが旧大灯台か、大きいな」

旧大灯台は、レンガ造りの高さ三十メートルほどの大きな四角い灯台で、周りにこれほど大きな建造物がないので一際目立っている。

さらに現在は灯台の中に入り、最上部まで上ることができるらしい。

「上ってみるか？」

「上る～」

段差が大きく、少しきつい階段をヒーヒー言いながら上りきると、絶景《ぜっけい》が広がっていた。

切り立った崖《がけ》の白と、海の深い青が見事なコントラストになっていて、色とりどりの旗をなびかせた大小様々な船の航跡《こうせき》が海面に不思議な模様《もよう》を描いていた。

「やっぱり、高い所から見る景色は壮大《そうだい》だな」

「良一兄さんの妹にならなかったら、こんな風景は一生見られなかったかもしれません」

「メア、俺ももっと珍しい景色や綺麗な景色を見たいから、一緒に見て回ろうな」

「はい」

景色と潮風を存分に堪能《たんのう》してから、次は海の大母神ザウォームの神殿に行くことにした。

「三主神の一柱、オーディアス様の直属の従属神だから、凄い」

よほどの神様なのか、マアロが興奮気味に言った。

「今日はポカポカするかな？」

「すると良いわね」

神殿に近づくに従って、行き交う人の数も増えてくる。

「参拝客《さんぱいきゃく》が多いな」

「当たり前、大神様だもの」

やがて、公都グレヴァールの風の属性神シルフィーナの神殿よりもさらに大きな、白亜《はくあ》の神殿が見えてきた。

立ち並ぶ柱や石扉には神話をモチーフにしていると思《おぼ》しき彫刻《ちょうこく》が施され、見る者を飽《あ》きさせない。

他の参拝客と同じように祝福を受けるための列に並んで待っていると、突然、奥から神官の女性が慌てた様子で飛び出してきた。

参拝客の顔や人数を確認して回り、良一達を見つけると小走りで近寄ってきた。

「失礼ですが、もしや石川良一様でしょうか？」

「はい、そうですけど」

「神殿長から、皆様をお連れするように承《うけたまわ》っています。お連れ様もご一緒に、こちらにお越しいただくことはできますか？」

良一を見つけた女神官は、物凄《ものすご》く低姿勢でお願いをした。

「行こう、良一」

良一はどうしたものかと迷っていたが、マアロの一声で、神官の求めに応じることにした。

「じゃあ、案内してもらえますか」

「ありがとうございます。こちらです」

参拝客の列から抜け出して神官の後について行くと、神殿内の奥まった場所にある部屋に案内された。

そこは応接室らしく、シーンと静まりかえった中、ソファに座った老齢《ろうれい》の女性が口を開いた。

「ようこそおいでくださいました。私はこのクックレール港の神殿で神殿長を務めているアイレと申します。こちらは副神殿長のコスタです」

女性に紹介され、隣に立つ男性神官が一礼する。

「石川良一です。どんな用で呼ばれたのでしょうか？」

「その疑問は当然です。実は、我々も大変驚いているのですから」

この一言で何か察したのか、マアロが会話に割って入った。いつもと違ってしっかりした口調《くちょう》だ。

「突然失礼、私は水の属性神ウンディーレに仕《つか》える神官のマアロと言います。もしや今回の件は、何か神託《しんたく》を賜《たまわ》ったのですか？」

「その通りです。先ほど、私は大母神様から神託を賜り、それに従って皆様をお呼びしたのです」

「その神託の内容は？」

マアロが尋ねたものの、神殿長はしばし言い淀《よど》んだ。

「その……ドーナツと呼ばれる美味なる物を捧《ささ》げれば、加護を授けると」

「えっ」

「ドーナツだって⁉」

予想外の単語が飛び出し、良一達は揃って呆気にとられる。

「我々も、今までこのような神託を賜ったことがなく、困惑している次第でして……」

「はあ……そうなのですね。じゃあ、信託《しんたく》に従ってドーナツを捧げてみますか？」

ドーナツを、お持ちなのですか⁉」

ドーナツを箱ごと取り出して神殿長に見せる。

「これがドーナツ……！　では、こちらに」

ワナワナと震える手でドーナツの箱を受け取った神殿長は、良一達を神殿の奥の祭壇《さいだん》へと案内した。

「では、大母神様に供物を捧げます」

そう言いながら、神殿長が儀礼《ぎれい》にのっとりドーナツの箱を祭壇の前に置く。

すると間もなく、箱がすっと霞《かすみ》のように消えた。

その現象で神殿長と副神殿長はさらに驚き、二人とも祈りを捧げる。しかし……

「何も起きませんね」

箱が消えて数分経つが、特に何も変化がなく、良一は諦めて口を開いた。

ところが、意外な方向から返事が聞こえてくる。

「いやね～、少しだけ味わう時間が欲しかっただけよ」

声のした後ろを振り向くと、そこには青い服を着たふくよかな中年女性の姿があった。

彼女を見た瞬間、マアロやキャリーが膝をついて頭を下げたため、良一も慌てて従う。

「あらあら、頭を上げてちょうだいな」

女性に声をかけられ、メアやモア、ココ、マアロ、キャリーが続々と頭を上げた。しかし、神殿長と副神殿長は祭壇の前で固まったままだ。

「ああ、その二人には止まってもらっているのよ。用があるのは、あなた達六人だけだからね」

「あなた様は海の大母神ザウォーム様ですか？」

「ええ、その通りよ」

「神託を授けたのは、私達に会うためですか？」

「そうよ。少し前にミカエリアス君が来て、〝もうしばらくしたら、渡界者の男が来るからよろしくお願いします〟って言うからさ。相変わらず良い子だったわ。うちの息子達とは大違いよ」

「そうなんですね」

「ミカエリアス君がそこまで言う子がどんな子か気になって、少し下界の様子を見たら、ちょうど大精霊の祝福を受けているところだったのよ。で、よく見たら美味しそうなものを一緒に食べているじゃない？」

ザウォームのマシンガントークぶりに、良一は相槌《あいづち》を打つことすらできず、黙って聞いていた。

「調理と成長の神ケレスに同じものを作ってほしいって頼んだら、お菓子は作らないって言われちゃってねえ。そうなると余計に食べたくなるでしょ？　で、ちょうどこの神殿の近くに来ていたから、こうして呼んで、ようやく食べられたのよ。しかし、苦労した分、美味さは格別ね」

ようやく言いたいことを言い終えたらしく、ザウォームは人数分の椅子とテーブルを用意して、良一達に座るように促した。

そんなに気に入ったならと、良一は再びドーナツの箱を取り出して差し出す。

「あら、気が利くじゃない、ありがとうね。お嬢ちゃん達も食べなさい――って、私が出したわけじゃないんだけど。まあ、子供は元気が一番だからね」

「わーい、食べる～」

いつもならマアロは我先にドーナツに飛びつくが、大母神の前で大人しい。モアだけは大母神の前でも普段とあまり変わらず、無邪気な振る舞いを見せて場を和《なご》ませた。

それから良一達は、この大母神様の長話に付き合い、結局、ドーナツの箱を二箱開けたところで、ようやく加護の話になった。

「あらいやだ、随分長々とお話をしちゃったわ。そろそろ加護を与えましょう。ミカエリアス君から聞いているから、一緒にアイテムボックスを授けちゃうからね。じゃあ……」

ザウォームが手を振ると、六人の体を光が包んだ。

「はいはい、これで加護とアイテムボックスが付与されたわよ。そろそろ戻らないと」

「わあ、ポカポカする〜。ありがとうございます」

「大母神様、ありがとうございます」

モアとメアがペコリと頭を下げる。

「ちゃんとお礼を言える子は良い子だよ。あと、神官の子にも加護を付与させてもらったよ。ウンディーレには話を通してあるから、安心おし」

「ありがとうございます。大母神様のお心遣《こころづか》いに感謝します」

そうして、お土産にドーナツ二箱を受け取って大母神は帰っていった。

程なくして、止まっていた時間が元に戻り、神殿長と副神殿長が動きはじめた。

「あら皆様、いつの間に⁉」

「ザウォーム様に会ったの」

メアが無邪気に答えると神殿長は腰を抜かし、何を話したのか根掘《ねほ》り葉掘《はほ》り聞かれた。

神殿長は大母神がドーナツを気に入ったという話に興味を示し、良一にドーナツの作り方を教えてほしいと、土下座《どげざ》しそうな勢いで頼み込む。

とはいえ、良一も詳しくは知らず、地球から持ってきた手作り菓子のレシピ本に書いてあった作り方を読み上げて伝えた。

ベーキングパウダーやバニラエッセンスといった材料がこの世界にあるのか気掛《きが》かりだ

が、そこは創意工夫《そういくふう》してもらうしかない。

それでも神殿長らは満足らしく、レシピの代金と称して金貨の入った小袋を渡してくれた。

神殿を後にした良一達は遅めの昼食を済ませ、市場に足を運んだ。

付与されたアイテムボックスに入れた物は時間が停止して腐《くさ》らなくなるので、珍しいフルーツや魚介類などを購入して全員のアイテムボックスに割り振ったり、各々《おのおの》好きな雑貨を買ったりしながら観光を楽しんだ。


その夜、宿の部屋でココとキャリーがお酒を飲みながら今日起きた出来事を話していた。

「それにしても、今日は驚いたわ。まさか私にまで大母神様の加護とアイテムボックスが付与されるなんて。みんなと一緒にいたら驚きの毎日よ」

「そうですね。神の加護をこんな短期間で二つも得られるとは、思ってもいませんでした」

「大体、アイテムボックスのスキルなんて世の人々の憧れ《あこが》よ？　そのスキルを持っているだけで凄いのに、今回皆に付与されたのは明らかに最高級のものじゃない」

「きっと、これも全て良一さんのおかげですよ」

「そうね。良一君はとてもいい子よ。それはメアちゃんやモアちゃんを見ても良く分かる。

同時に、今まで出会った人が奇跡《きせき》的に良い人ばかりだったとも言えるわ」

「だから、キャリーさんも私達に同行してくれたんですよね？」

「ふふふ。でも、王都は島と違って、良一君達に悪意を向けてくる人が多いはず。あの子達に悪事は似合わないわ。そういうのは、大人の仕事よ」

静かにグラスを傾《かたむ》けていた二人も、やがてそれぞれの部屋で床に就いた。

◆◆◆

「じゃあ、いよいよココノツ諸島に出発だ」

「ココ姉ちゃんのお家はどんなのかな？」

定期連絡船に乗り込み、ココノツ諸島まで二日ほどの船旅が再び始まった。

今回乗った船はメラサル島との定期連絡船に比べて少し小さく、波の影響も大きい。

室内でテーブルゲームをしていると気持ち悪くなりそうなので、甲板に出て船員の仕事を見たり日向《ひなた》ぼっこをしたりして過ごした。

女性陣の誰かが晴れ女なのか、二日間の船旅もずっと天気に恵まれ、良一達はココノツ諸島サングウ島と呼ばれる島に無事に到着した。

ココの故郷であるイチグウ島へは、さらに二日後に出航する船を乗り継《つ》いで行くことになる。

「ここがココ姉ちゃんのお家がある島?」

船を下りるなり、興奮気味のモアが尋ねてくる。

「いや、もう一回船に乗ったら、ココの故郷の島だな」

「そっか〜、早くつかないかな」

「後ちょっとだ」

カレスティア大陸のクックレール港を出て半月あまり船旅をしてきたので、そろそろ飽きてきたのかもしれない。しかし、船旅も後少しで小休止。王都の王国会議まで二ヵ月以上ある。良一達は時間が許す限りこのココノツ諸島を楽しもうと考えていた。

「今日は久しぶりの陸の宿だから、明日はこのミクニ港を見て回ろうな」

「楽しみ〜」

待合所から外に出ると、強い日差しが六人を照らした。

「みんな、綺麗な服を着ていますね」

街行く人は和服に近い服装を身につけていて、メア達にしたら異国情緒《じょうちょ》を感じるらしい。

詳しく歴史を知っているわけではないが、良一には明治時代の和服に似ていると思えた。

「そうだな。メアとモアも着てみるか？　似合うと思うぞ」

「本当ですか？　着てみたいです！」

「ほらほら、観光の計画は宿を確保してからにしましょう」

「モアも着る！」

しばらく宿を探していると、豪華な和風旅館が見えてきた。

日本の温泉宿のような雰囲気を懐かしく感じ、良一は皆に先立って門をくぐる。

「ごめんください」

「センゴク亭へようこそいらっしゃいました」

板張りの廊下の奥から、羽織《はおり》を着た四十代くらいの男性が出てきた。

「六人で宿泊をしたいんですけど、部屋は空《あ》いていますか？」

「はいはい、部屋はございますので、どうぞこちらで記帳をお願いいたします」

男性に促され、良一は靴を脱いで板の間に上がる。

「良一兄ちゃん、靴《くつ》を脱ぐの？」

良一はなんの疑いもなく靴を脱いでいたが、メアに指摘され、改めて確認する。

「ああ、そうだと思うんだけど。土足厳禁《げんそく》ですよね？」

「ええ、当宿では靴を脱いでいただいております。大陸からいらっしゃった方は、慣れないかと思われますが」

「分かりました。モア、メア、そこで靴を脱いでね」

五人が靴を脱いでいる間に、良一は台帳に名前を記帳して六人分の宿賃を払った。

お金を受け取ると、男性は頷いてから立ち上がる。

「それでは、お部屋にご案内します。お荷物は宿の前にございますか？」

「いえ、これで全部です。アイテムボックス持ちなので」

「いやあ、それは羨《うらや》ましいですな！　では、どうぞこちらへ」

板張りの階段を上がった二階の廊下で、男性が羽織の袂《たもと》から鍵を取り出した。

「まず一部屋目はこちらの牡丹《ぼたん》の間。二部屋目は隣の椿《つばき》の間でございます」

とりあえず牡丹の間に六人で入ると、中は畳《たたみ》の和室だった。

久しぶりに目にした畳に懐かしさを覚えながら、座布団に腰を下ろした。

「良一兄さん、これは草の絨毯《じゅうたん》ですか？　さらさらしていて気持ちが良いです」

「それは畳っていうのよ。椅子を使うと傷《いた》んでしまうから、そのクッションを敷いて座るの」

初めての畳に興味津々のメアに、ココが説明する。

男性が出て行ってから数分後に、女将《おかみ》がやって来た。

「失礼いたします。センゴク亭の女将をしております、ミヤビと申します。本日は当宿をご利用いただきありがとうございます」

女将は一礼すると、緑茶と茶菓子の準備をした。

彼女は狐《きつね》の獣人のようで、見た目からは年齢がよく分からないが、とても綺麗な人だ。

「皆様は大陸からいらっしゃったと伺いましたが、ココノツ諸島へはご旅行で?」

「そんなところですね。彼女がイチグウ島の出身で、実家に帰省《きせい》するのに同行しているんです」

良一がココを手で示してそう言うと、女将が少し考える素振りを見せた。

「イチグウ島ですか……。今、イチグウ島は名のあるお武家様のお家騒動が起きていると聞き及んでおります。今時分《いまじぶん》は島も緊張しているかと。お武家様方は大陸の方を嫌う傾向にありますから、要《い》らぬ心配とは思いますが、お気をつけください。それでは、どうぞごゆっくりお過ごしください」

女将はそう言って牡丹の間から出て行った。

「お家騒動か。ココの実家も影響あるのかな?」

良一が尋ねると、ココはわずかに顔を曇《くも》らせた。

「このところ連絡を取っていないので、分かりません。ですが、ちょうど良い機会なので、少し私の実家のことについて話させてもらいます」

ココの実家は武術師範《しはん》の名家で、代々イチグウ島を治める領主家に仕《つか》えており、島の武家はもとより、島外からも入門者が来るほどだそうだ。

ココの父親はその十一代目の当主にあたる。

しかし彼女は側室《そくしつ》の娘であるらしく、正妻《せいさい》には三人の息子が、ココの実母にはココを含む三人の娘がいる。

父親は子供達に対しては分け隔てなく接し、ココも幼い頃から年上の兄達に交ざって一緒に剣を振るってきた。

特に、長兄《ちょうけい》と次兄《じけい》はココを凌《しの》ぐほどの才能がある剣士で、長兄は次期当主として周囲から実力を認められているという。

「話を聞く限り、ココちゃんの家は、女将が言っていたお家騒動の心配はなさそうだけれど、イチグウ島で何か厄介事が起きているのは確かみたいだから、気を引き締めなきゃね」

キャリーが真面目な顔で呟いた。

「でも、キャリーさんもいますし、ココや自分もいますから、大抵の問題は大丈夫でしょう」

キャリー達とそんな話をしながら、女将が出してくれた茶菓子を食べようと座卓《ざたく》を見ると――

「良一兄ちゃん、このお菓子、美味しいね」

「前に食べた、どら焼きというお菓子に使われていた餡子《あんこ》ですね」

「美味《びみ》、美味」

メアとモアとマアロが茶菓子を食べていた。

菓子入れには饅頭《まんじゅう》が十二個――一人二つ分入っていたはずが、今は三個になっている。

「マアロ、どうして両手に饅頭を持っているんだ？」

「食べるため」

さも当然のように答えたマアロは両手に饅頭をしっかり握ったまま、もぐもぐと口を動かした。

「はあ……まあいいや。マアロだしな」

「？」

嫌味《いやみ》が通じないマアロに良一はため息を吐き、苦笑しながらココとキャリーと残りの饅頭を分け合った。

しばしまったりとくつろいでいると、女将が浴衣《ゆかた》を持って再び現れた。

「失礼いたします。浴衣をお持ちしたのですけれど、背丈には合いますかしら？」

良一は百八十を超《こ》える長身で体格も良いが、キャリーはその良一よりもさらに一回り大きい。

「ピッタリですよ」

受け取った浴衣を服の上から体に合わせてみると、裾の長さも丈《たけ》もピッタリだった。

キャリーも自身の体にちょうど合っていたので、浴衣の変更はなかった。

「それはようございました。一階の奥に当宿自慢の温泉がございます。よろしかったらどうぞ」

女将の勧めもあり、旅の疲れを癒やすべく、早速全員で温泉に入りに行った。

「おーい、メア、モア、そっちはどうだ?」

壁《かべ》越《ご》しに良一が呼びかけると、返事があった。

「良一兄ちゃん、気持ちいいよ」

「とっても大きな湯船です」

「モアちゃん、ちゃんと肩までお湯につかろうね」

「極楽《ごくらく》、極楽」

ココノツ諸島出身のココはもとより、メア、モア、マアロも良一が作った風呂に何回も入っているので、湯船に浸かることに抵抗はないようだ。

男湯の方では　キャリーと良一が一緒に湯船に入っている。

キャリーも長い冒険者生活の中で風呂に入った経験があるそうで、お湯に浸かってリラックスしていた。

「それにしても、キャリーさんはさすがの筋肉ですね」

「ふふふ、良一君こそ、私好みの引き締まった体をしているわ」

「えっと……ありがとうございます」

何故《なぜ》か背筋《せすじ》が少し冷えた気がしたので、良一は長めに風呂に入り、体をしっかり温めてから上がった。

さっぱりしたところで浴衣を着て脱衣所を出て、ココ達と合流する。

ココに手伝ってもらったのか、モアやメアも浴衣姿で、帯《おび》もしっかり締められていた。

「みんなとても似合っているじゃないか」

「こういう服は初めてですけど、とても着やすいですね」

メアはすっかり浴衣がお気に召したらしい。

その後、夕食として出された和食を食べ、良一は久しぶりに和を感じる空間で船旅の疲れを癒やしたのだった。


翌朝、一行はサングウ島の観光に繰り出した。

「昨日は浴衣を着たけど、今日は着物だな」

昨日言っていた着物を買うために、町の呉服《ごふく》屋に足を運ぶ。

ココは実家に帰れば着物があるそうなので、メアとモアとマアロの着物を見繕うことにした。

「いらっしゃいませ」

「この三人に着物をと思っているんですけど」

「かしこまりました。こちらにどうぞ」

店員に女性用の着物を持ってきてもらい、女性陣四人にキャリーも加わってキャイキャイはしゃぎながら柄《がら》を選んだ。

良一も感想を求められたらその都度《つど》率直に意見を述べるが、あまり女性の服に詳しいわけではないので、〝可愛い〟や、〝綺麗だ〟ばかりで、ほとんど参考にはならない。

そうして柄を選び終えて、三人は女性店員さんやココに手伝ってもらい着物を着付けてもらった。

「良一兄ちゃん、キャリーさん、かわいい？」

最初に出てきたモアは赤い花柄をあしらった華やかな着物に身を包んでいた。

「ああ、着物も似合うもんだな。とても可愛いじゃないか」

「ええ、赤い柄が元気なモアちゃんに合っているわね」

「お待たせいたしました。どうですか？」

次に出てきたのはメアと少し照れながらも嬉しそうにその場でターンをしたり袖を広げたりして見せてくれた。

「ああ、メアもとても可愛い」

「青い柄の着物だと、いつもよりも大人びて見えるわね。シュッと決まっていて綺麗よ」

「メア姉ちゃん、かわいいよ」

「ありがとう！」

大人びているというキャリーの言葉が特に嬉しいらしく、メアも満面の笑みを浮かべる。

「お待たせ」

最後はマアロと、着付けを手伝っていたココも一緒に出てきた。

マアロも感想を求めるように両手で着物の袖を摘《つま》んで見せてきた。

「ああ、可愛いじゃないか、マアロ」

「白地《しらじ》に淡《あわ》い色使いの柄が金髪と白い肌を引き立てていて、こういうのも良いじゃない」

「マアロちゃん、とっても可愛い」

「そうですね。お人形さんみたいで、凄く似合っています」

店を訪れていた他の客も三人に見とれている様子だった。

「皆様、大変お似合いですよ」

店員にも褒められて、皆上機嫌である。

「三人とも、今日はその格好で観光するか？」

「うん」

「私も着ていたいです」

「もちろん」

「じゃあ、着物も帯も、このまま一式買います」

「ありがとうございます」

着物は大体、一着あたり白金貨五枚（日本円換算《かんさん》で五十万円）だったが、長い船旅のご褒美《ほうび》の意味もあり　躊躇《ちゅうちょ》なく買った。

着物を着た三人と一緒に町の観光に繰り出す。

甘酒を飲んだり甘味処《かんみどころ》で団子を食べたりと、良一が日本にいた時より日本らしいことをした。

夕刻になり、良一達はこの日の観光の最後に領主の城を訪れていた。

「ここがサングウ島の領主様の城か」

「大きいね～」

領主の城もやはり立派な天守閣《てんしゅかく》を持った和風の造りで、周囲を水堀《みずぼり》で囲まれ、白い漆喰《しっくい》の壁面《へきめん》が見事である。

ココノツ諸島は十の島で構成されていて、約三百年前にカレスライア王国の属国になった。

九の島に囲まれるようにある中央のトトノ島が一応の首都であり、日本でいう天皇家のようなものがあるが、実際に政務《せいむ》を行う王の役割は、イチグウ島やサングウ島などの他の九の島の領主を務める武家が持ち回りで果たしているらしい。

良一達が城の周りを見て回っていると、門の近くにいた男性がこちらに近づいてきた。

「オレオンバーク殿ではござらんか！　久しいな」

「あら、スギタニさんじゃない。ご無沙汰《ぶさた》ね」

「健勝《けんしょう》そうで何よりだ。お連れの方とは初対面ですな？　初めまして、スギタニ・モトナリと申す」

「今はこの子達の旅に同行しているの」

「石川良一です」

キャリーに紹介され、スギタニに全員が挨拶した。

「それにしても、オレオンバーク殿とは二年ぶりか」

「そうね、最後に王都で会ったのが二年前ね」

二人の話を聞くと、スギタニはカレスライア王国の王都でココノツ諸島の外交官として働いているらしく、キャリーは二年ほど前に護衛として彼についていた時期があったらしい。

「スギタニさんは、ココノツ諸島には帰郷《ききょう》しているの？」

「いや、某《それがし》も仕事で」

「そうなの。相変わらず、忙しそうね」

「こうして久しぶりに会ったのだ、これから一緒に夕飯をどうだ？　もちろん石川殿や妹君達も」

「じゃあ、せっかくだからお招きにあずかろうかしら」

拒否する理由はないので、キャリーに任せて夕飯をスギタニと一緒に取ることにした。

「この近くに花月雪という料亭がある。支度《したく》をして参るので、しばし待たれよ」

「分かったわ」

そう言ってスギタニは領主の城の門をくぐって中に入っていった。

戻ってきたスギタニに連れられて料亭に入り、思い出話に花を咲かせている二人の会話を聞きながら、豪華な料理に舌鼓を打つ。

「しかし、石川殿の名前をどこかで聞いたことがあると思ったが……あの石川殿でしたか。ドラゴン討伐の件は王都の官僚《かんりょう》や貴族の間でも話題になっておりましたぞ。さらにオレオンバーク殿と海賊バルボロッサを捕獲したとは……」

「いや、話題だなんて、お恥《は》ずかしい」

「そう謙遜《けんそん》なさるな。して、王国会議には参加なされるので？」

「ええ、グスタール将軍に呼ばれておりますので」

「なるほど。では、王都でまた会うやもしれませんな」

良一の名前が王都の官僚や貴族の間に広まりつつあるという話は驚きだった。

「それで、旅をしていると聞くが、次はどこへ」

「明日、船でイチグウ島に」

「イチグウ島ー　やはり、ガベルディアス殿のご実家に……？」

「ええ……そうですが。何かあるのですか？」

ココが尋ねると、スギタニは何やら考え込んだ後、おもむろに口を開いた。

「実はな……某が王都から来た理由もこれと重なるのだが……今、イチグウ島の代官を務めるマエダ家の重臣《じゅうしん》に問題が起きていてな」

「宿の女将さんも言っていた、お家騒動ですか？」

「左様。後継者《こうけいしゃ》争いを続けているのは他でもない、ココ殿のご実家、ガベルディアス家なのだ。某はその調停に来た」

「本当ですか⁉」

スギタニが口にした言葉を聞いて、ココが立ち上がった。

「その様子では、知らなかったのだな。実家からは便《たよ》りなどなかったのか？」

「最近は船旅が続き、冒険者ギルドにもあまり顔を出していないので」

「左様か。聞くところによると、二月《ふたつき》ほど前に長男のセイロの当主就任《しゅうにん》の儀《ぎ》が行なわれる予定だったが、その直前に当主トシアキ殿とセイロ殿が倒れられ、病《やまい》に臥《ふ》せってしまったそうだ」

「そんな……⁉　私が家を出た時は、父も兄上も元気でした。病気なんて……」

「私も三日前に聞いたばかりなのだ。当初は軽い病と思われていたが、医者に見せても一向に良くならず、日に日に悪化していき、今や二人とも薬の力と当人の気力でなんとか保《も》っている状態のようだ」

「父と兄は、そんなに悪いのですか……」

「保《も》ってあと半月と聞いている」

「そ、そんな……‼」

話を聞いたココの顔から血の気《け》が引き、座り込んでしまう。

メアとモアもただならぬ様子を察し、心配そうな顔で見ている。

「幼子《おさなご》達に聞かせる話ではなかったか。少し酒を飲みすぎたな……失礼仕《つかまつ》った」

良一は不安げにココを見つめるメアとモアに近づき、頭を撫でる。

「二人とも大丈夫だ。俺がついてるんだ、安心だろ？」

「うん。良一兄ちゃんがいれば、大丈夫」

「良一兄さん……ココ姉さんを助けてあげてください」

「任せておけ」

「明日、某もサングウ島領主のシバタ様の軍船でイチグウ島に向かう。もし良ければ、一緒にイチグウ島に向かうか？　民間の船よりも早く着くであろう」

「スギタニ殿、なにとぞお願い申し上げます」

ココが深々と頭を下げる。

「承知《しょうち》した。早めに出航してもらえるように、今から手配して参ろう」

料亭で楽しく料理を食べる空気ではなくなったため、場はお開きになった。

「ココ、大丈夫か？」

「ええ、取り乱してすみません。それにメアちゃんとモアちゃんにも心配をかけてしまって」

「仕方がないさ、実家のことなんだ」

ココも少し気を持ち直したのか、宿へ向かう足取りはしっかりしていた。

「スギタニさんも手伝ってくれるみたいだし、明日に備えよう」

「そうですね」

「ココ姉ちゃん、大丈夫だよ！」

「良一兄さんが力になってくれます！」

ココはメアとモアに心配をかけたと謝ったが、二人とも笑って彼女を元気づけた。

スギタニが出航を早める手配をしたおかげで翌朝早く出発した良一達は、昼前にイチグウ島の港にたどり着いた。

定期連絡船では半日ほどの距離らしいが、足の速い軍船だと三時間ほどの船旅だった。

「さあ、某はマエダ家の領主館に到着の挨拶をしてくるので、皆は先にガベルディアス家へと向かってくだされ」

領主への挨拶があるスギタニと別れ、軍船の船長や船員に礼を言ってから良一達は港を出た。

「ココ、実家まではどう行くんだ?」

「港から歩けない距離ではないのですが、今回は馬車で行きましょう」

「分かった」

ココに案内されて乗合馬車の乗り場に行き、二台に分かれて馬車に乗った。

馬車は和風建築が並ぶのどかな町並みを抜け、やがて大きな屋敷の前で止まった。

「ここが私の実家です」

ココは馬車から降りて、大きな門の扉を開けて中へと入っていく。

「誰かいるか」

ココが呼びかけると、玄関から女性が出てきた。

「ココお嬢様、お戻りになられたのですね! すぐお館《やかた》様の寝室においでください」

良一達はどうしようか迷ったが、ココが一緒に来てくれと言うので全員で屋敷に上がった。

「ココお嬢様」

「お嬢様、いつお戻りに⁉」

屋敷の奥に進むにつれて、女中の数や門下生《もんかせい》らしき男性の数が増えていく。

皆ココのことをお嬢様と呼んで、道を開けた。

奥まった場所に行くにつれて、年齢が高い者が多くなり、その表情も悲痛《ひつう》なものになっていく。

「ココお嬢様、よくぞ戻られた。さあ、中に入ってお館様に顔を見せてあげてください」

一人の老人がココの手を握り、障子戸《しょうじど》を開けた。

「誰が来たのだ……」

部屋の中から、かすれた弱々しい男性の声が聞こえてきた。

「ココです。入ります」

大きな部屋の中央に敷かれた布団に男性が寝ており、周りを数人が囲んでいる。

「あらココさん、大人数で寝室に押しかけるなんて、不作法《ぶさほう》では」

ココが入ると、布団のすぐ側に座る女性が嫌味を口にした。

「おお……ココか、顔を見せてくれないか」

女性の嫌味が聞こえていないのか無視しているのかは分からないが、布団の男性はココに話しかける。

「父上、ココが今戻りました」

「成長したようだな」

この男性が病で臥せているココの父親のようだ。

「して、そちらの御仁《ごじん》達は」

「私の修業の仲間です」

「そうか。なかなかの実力の持ち主と見た。元気であれば一手お相手願いたいが……ごほっ」

当主は良一達を見て声をかけるが、途端《とたん》に咳込《せきこ》みはじめた。

「父上！　大丈夫ですか」

すかさず側で待機する魔術師が回復魔法をかけて、当主は目を閉じて横になる。

さすがにこうなると、良一にできることはない。

当主の部屋から出てきたココに、先ほどの老人が声をかけてきた。

「お館様の具合はいかがでしたか」

「モリ爺《じい》。大分辛《つら》そうでしたが、回復魔法をかけて落ち着きました」

「なんとおいたわしい」

「モリ爺、母上はどこにいるのかしら、父上の部屋にはいなかったようだけど」

「マナカ様は離れにて待機しております」

「ありがとう、行ってみるわ。良一さん達も一緒に来てください」

ココに案内されて、さらに奥へと進んでいくと、屋敷から離れた場所に一軒家《いっけんや》のようなものが建っていた。

「母上、ココです。ただ今戻りました」

ココが玄関でそう声を上げると、パタパタと誰かが歩いてくる音が聞こえた。

「まあまあ、ココなのね！　よく帰ってきたわね」

廊下の奥から現れたのは、ココに良く似た女性だった。

「母上、お久しゅうございます」

「お帰りなさい、ココ。あら、そちらの方々は？」

「武者修業の旅での仲間です」

「あらそうなの、ココがお世話になっております。ココの母のマナカです」

「初めまして、石川良一です」

簡単な挨拶を交わして、ココの母であるマナカから詳しい話を聞いた。

おおよその事情はスギタニから聞いた通りの内容だが、新しく分かったこともいくつかある。

まず、当主トシアキと長男セイロの病はおそらく同じものだと診断されているそうだ。

そして、他家から使者が送られてくるほどの大騒ぎになってしまったのは、どうやら当主の正妻チョウノに原因があるらしい。

仮に当主が亡くなり、長男も亡くなった場合、慣例に従えば次兄が家を引き継ぐことになるのだが、正妻が三男を後継者へと推《お》したため、話がややこしくなってしまった。

三男は家内での評判が良いものの、剣の腕は兄達に一歩及ばない。

武術指南役《しなんやく》を担《にな》う武門の家であるガベルティアス家では、剣の腕こそが重んじられるべきと考える者も多く、慣例通りに長兄に劣らぬ剣の才能を持つ次兄を当主へという声が上がり、家中《かちゅう》を二分する争いに発展してしまったのだ。

「トシアキ様とセイロ様が大変な時に、このように身内でいがみあっては……。私に止められる力があればいいのだけど、側室にすぎない身ではどうすることもできません」

落ち込むマナカをココが励《はげ》ます。

そんな中、キャリーとマアロが手招きするので、良一は一度部屋から出て、二人と相談をする。

「状況は把握《はあく》できてきたわね。現状を打破《だは》するには二人を治療するのが一番すんなり事態を収拾できる方法だと思うわ」

「そうですね。マアロは診察できないのか？」

「多分無理。これほどの大事《おおごと》なら、私より格上の神官が見ているはず」

「さっきの寝室で治療にあたっていた魔術師の人も相当な実力者だったわ。彼でも無理なら、大抵の人では変わらないわね」

「医療に明るくない俺達には見込みなし。現実的ではないか」

「みっちゃんに聞いたら？」

マアロが手首のデバイスを指差して良一に尋ねてくる。

「そうか、ものは試しだ。やってみるか」

マアロの発案に従い、良一はみっちゃんを起動してみた。

「ご用件はなんでしょうか？」

「みっちゃんはメディカルチェックとかはできるの？」

「簡易計測は可能ですが、病理診断を行う場合には医療用キットのインストールが必要です」

「現状ではみっちゃんにはインストールされてないわけか」

みっちゃんは古代遺跡の遺物《いぶつ》なので、通常なら新たな拡張モジュールを手に入れるのは不可能に近い。しかし、同じような古代遺跡なら、何か残されている可能性はある。

「医療用キットをインストールできる場所とかあるのかな？」

「地図上に該当《がいとう》するポイントが千五十四件あります」

「現在地から一番近い場所はどこだ？」

「こちらです」

デバイスに表示されるマップデータを万能地図に照らし合わせてみると、ココノツ諸島の別の島にある遺跡群にあるということが分かった。

ココを呼んで、みっちゃんを使うアイデアを話し、この遺跡群について尋ねる。

「イチグウ島から二つ離れたハチグウ島にありますね」

「それじゃあ、ハチグウ島に行ってみようか。俺達にできることといったら、それぐらいしかないからな。無駄足《むだあし》になるかもしれないけど」

「いえ、そんな……皆さんが一緒に解決策を考えてくれるだけでありがたいです」

さすがに緊迫《きんぱく》した状態にあるココの実家に泊めてもらうわけにはいかないので、良一達は近くの宿に泊まり、ハチグウ島での探索《たんさく》に備えることにした。

◆◆◆

翌朝、実家に宿泊したココと合流すると、港でハチグウ島行きの船を探した。

見つかったのは民間の小型船だったが、料金に色を付けてくれればすぐに出航するとのことだったので、島に残るココ以外の全員で乗り込んだ。

「すみません、本当なら私もハチグウ島に同行しなければならないのに」

「いや、お父さん達があんな状態なんだ、少しでも側にいてあげるべきだよ」

ココの見送りに手を振って応えていると、船長が声をかけてきた。

「じゃあ、お客さん方、出航しますよ」

　小型船は帆に風を受け、沖に出て行く。

　船長と息子達の四人で操縦するようだが、さすがに快速を売りにする定期連絡船や軍船と比べると速度は見劣《みおと》りする。

　しかし、軽量な小型船であれば、魔法の風の影響で大分違うはずだ。

「船長さん、魔法で風を起こしてもいいかしら？」

「魔力が保つならやってくれると助かるが」

「みんな、船に掴まってちょうだい。良一君はメアちゃんとモアちゃんを押さえてあげて」

　船長が無理をするなと視線を向けてくるが、キャリーは腕まくりをして両手を突き出す。

「行くわよ！」

　船員達の目の前で、魔法が発動し、帆が大きく膨らんだ。

　一瞬浮いたような感覚を伴い、小型船は波を切って軍船以上のスピードで進みだす。

　船長達は慌てて帆や舵輪《だりん》を操り、船の態勢を整えた。

「とんでもない魔法だな。これならハチグウ島なんかすぐだぜ」

　船長の言葉通り、船は昼前にハチグウ島に到着した。

「無事に着いたな。メア、モア、船酔いは大丈夫か？」

「大丈夫！」

「私も大丈夫です」

「無理はするなよ」

さすがに二人には負担《ふたん》が大きかったと思い、少し休憩《きゅうけい》を取る。

マアロとキャリーが気を利かせて何か飲食物を買いに行ってくれることになった。

久しぶりにメアとモアと三人だけで座っていると、モアが良一に声をかけてきた。

「ココ姉ちゃんは元気かな～」

「どうしてそう思うんだ」

「モア、お父さんが死んだ時、悲しくって痛かった。ココ姉ちゃんも同じ顔してた」

モアはポツリと呟き、良一にギュッと抱きついた。

いつもの元気一杯な様子は鳴りを潜《ひそ》め、悲しい気持ちで身を小さくしている。

良一はとっさにかける言葉も思いつかず、小さなモアの背中を撫でながら、少しの間黙っていた。

「……そうだな。俺もお父さんを亡くしたから、モアの気持ちが分かるよ」

「良一兄ちゃんのお父さんも死んだの？」

良一が口を開くと、モアが顔を上げて目が合った。そうして視線を合わせたまま喋り続ける。

「ああ。言ってなかったかな。遠い故郷でお父さんが死んで、モア達に会うまで家族は誰もいなかったんだ」

「良一兄ちゃんも悲しくなった？　痛くなった？」

「ああ悲しかったよ。でも、モア達に会って、悲しみよりも大きな幸せを感じているから、今は悲しくないよ」

「モアも！　モアにはメア姉ちゃんと良一兄ちゃんがいるし、ココ姉ちゃん、マアロちゃんにキリカちゃんにフェイ姉ちゃんにキャリーさん……一杯いる」

「たくさんの人と出会って、仲良くなったな」

「うん！　元気が出てきた」

いつもの笑顔に戻ったので、モアとメアの髪をわしゃわしゃして、三人で笑いあった。

それから、帰ってきたマアロとキャリーがくれたジュースを飲んで、遺跡群へと向かうことにした。


「ココノツ諸島の城はどれも似ているようで、ちょっとずつ雰囲気が違うな」

サングウ島の城は白塗りの大きな城。イチグウ島はサングウ島のものより天守閣が低く、櫓《やぐら》がいくつも立っている無骨《ぶこつ》な城。そして良一達がやってきたハチグウ島の城は赤く塗られた琉球《りゅうきゅう》王国風の城だった。

「良一兄ちゃん、これは犬かな～？」

モアが民家の屋根や門の上に置かれているシーサーっぽい魔除《まよ》けの置物を指差した。近くの八百屋《やおや》の店主のおじさんに尋ねてみると、地球と同じでシーサーという名前らしい。

「帰りに土産物屋で小さいやつを買ってみるか」

「可愛いのがいいな～」

シーサーの名称を聞いたついでに、店主に古代遺跡の場所を尋ねる。

「遺跡？ あんな所に行っても何もないよ～」

「そうなんですか？」

「歴代《れきだい》の武家様が農民達を雇って発掘《はっくつ》させていたけど、めぼしい物はなーんも出なかった。領主様は石を切り出していたみたいだが、それもロクグウの石材に比べたら色も強度も悪いしな」

店主は笑いながらそう言った。

彼の話では、遺跡は島の西側を中心に点在するらしい。

八百屋のおじさんに礼を言い、ついでに新鮮な野菜をいくつか買ってから、遺跡に続く道に出る。

「じゃあ、久しぶりにこれを出すか」

遺跡までは徒歩移動になるため、良一はアイテムボックスからリヤカーを取り出した。

「わー、ひさしぶりだね！　良一兄ちゃん！」

「最近は船旅ばっかりだったけど、メラサル島で色々な場所に行ったのが懐かしいです」

「あら、これは人が引く荷車ね？　確かに、メアちゃん達は小さいからこれに乗せれば楽ね」

キャリーは初めてリヤカーを見たが、このスターリアにも人力車のような物があるそうなので、すぐに用途《ようと》を理解した。

「じゃあ、ココも待っているだろうし、早速出発しよう——って、マアロもちゃっかり乗り込んでいるな」

「妻の特等席」

良一はリヤカーの取っ手に力を込めて、一歩ずつ歩きはじめる。

「しゅっぱ～つ」

「スピードを少しずつ上げるよ」

並走するキャリーも良一に合わせてスピードを上げる。

風の精霊と契約したおかげで、向かい風をものともせずに進んでいけるので、良一の負担は以前よりずっと軽い。

遺跡へと続く道は利用者が少ないせいもあってか、草が生えていたり小石や土でデコボコになっていたりするが、これもリリィに頼んで風魔法で整地しながら進めば、振動が抑えられてメア達も快適な旅を楽しめる。

草原や丘陵《きゅうりょう》地帯を抜け、二時間ほどで遺跡付近にたどり着いた。

「乱暴な発掘調査だったんだな」

最初に見つけた遺跡は、建物の大半が崩れ、あちこちが掘り返されたままになっていた。

イーアス村付近の巨兵の祠は長い年月で自然と朽《く》ちてしまったのに対して、ハチグウ島の遺跡は人の手によって滅茶苦茶《めちゃくちゃ》に壊された感じだ。

「良一君、これじゃあ何も残っていないわよ」

「まあ一応見て回りましょう」

そうして全員で遺跡を見て回ったが、ものの見事に破壊し尽くされていた。

とはいえ、この一帯は遺跡群であるため、付近にも同様の遺跡がいくつか存在する。最初の遺跡には早々に見切りをつけて、良一達は別の遺跡を回りはじめた。

「ここもダメそうね」

「そうですね。これだけ分かりやすい遺跡群だと、正規の採掘《さいくつ》以外にも盗掘《とうくつ》が横行していたかもしれません」

遅めの昼飯を食べながら良一はキャリーと相談する。

「あーっ、マアロちゃん、デザートは食事の後だよ」

「食べたい順番に食べるのが一番」

「マアロさん、行儀《ぎょうぎ》が悪いです」

メアとモアがマアロを注意している横で、良一は折りたたみ机の上に万能地図を広げた。

「今いる位置はここで、さっきまでいた場所はここ。次はこの辺かしら？」

「みっちゃん、ここら辺に三角魔導機社の建物ってあったの？」

良一はみっちゃんを起動して尋ねる。

「はい、地図データ上、現在地から南東に一キロメートルの地点に三角魔導機社の研究施設が存在します」

「いやいや、ここから南東って……山しかないぞ」

「研究施設は山中に建造された多層型の施設です」

良一とキャリーは驚いて南東の山を見る。

「でも、どうして今まで発見されなかったのかしら？」

「完全に山の中なので、見つけられなかったんですかね？」

とりあえず、破壊されていない可能性が高そうな山中の研究施設を目指すことにした。

良一はみっちゃんにインストールされている昔の地図データを呼び出し、道路があったと思われる場所をたどっていく。

さすがに一切《いっさい》整地されていない道をリヤカーで進むのは無理なので、メア達には歩きで移動してもらう。

全員で道なき道を進んでいくと山の斜面《しゃめん》にたどり着いた。

しかし、急勾配《こうばい》と生《お》い茂《しげ》る木に阻《はば》まれて、これ以上は進めない。

「良一兄さん、研究所の入り口はまだ先みたいですけど……」

「仕方ない。魔導甲機でトンネルを掘って進むか……」

良一はアイテムボックスからドワーフの里で魔鉱石を採掘する際に乗った、トンネル掘《くっ》削《さく》用魔導甲機を取り出した。

「今日は懐かしい物ばかり見ますね。またあの時みたいに乗ってみたいです」

「モアも、乗ってみたい！」

「妻を置いていくな」

「あら、こんな凄い遺物は初めて。私も興味があるわ」

モアはともかく、マアロとキャリーまで魔導甲機に乗りたがった。

「悪いけど、この乗り物は三人乗りだ。どうする？」

全員は乗れないため、良一の同乗者はクジで決めることにした。

その結果、トンネル掘削用魔導甲機に乗るのはモアとキャリーになった。

しかしメアとマアロをこの場に置いていくのは危ないので、工材運搬《うんぱん》用魔導甲機を連結してそちらに乗り込んでもらう。どうやらみっちゃんを同期させればリモートコントロールすることが可能らしいので、誤操作《ごそうさ》の心配はないだろう。

「じゃあ、みっちゃんを通信状態にしておくから、何かあれば言ってね」

「分かりました」

操縦席のメアが少し緊張した顔つきで頷く。

年齢的にはマアロを操縦席に座らせるべきだが、メアの方がドジをする可能性が低そうなので、彼女を操縦席に座らせた。

「それじゃあ、出発するよ」

良一もトンネル掘削用魔導甲機の操縦席に乗り込んで起動させる。

「みっちゃん、地図通りに進んでくれるか」

「了解しました」

トンネル掘削用魔導甲機の先端に取り付けられたドリルが回転しはじめて、最初はゆっくりと山の斜面を削り、徐々に掘削スピードを上げていった。

「凄い凄い！」

「地面に潜《もぐ》っちゃうなんて……古代の遺物の力は本当に凄いわね」

操縦席の後ろに座るモアとキャリーが興奮した様子で感想を口にする。

魔鉱石を採掘する時と同じようにトンネルを整形しながら進んでいく。

良一は、後ろからついてきている工材運搬用魔導甲機のメアとマアロに通信で呼びかける。

「二人とも、怖くないか？」

「大丈夫です」

「問題なし」

そうして順調にトンネルを掘っていくと、突然土がなくなり、空洞《くうどう》に出た。

「おわっと……これは地下空間か？」

「どうしたんですか、良一兄さん？　もうついたんですか？」

「いや、地図上ではもう少し先なんだけど。ちょっと待っていてくれ」

そう言って、良一は魔導甲機から降りてみた。

地面はアスファルトのような舗装《ほそう》がされていて、片側二車線の四車線ぐらいの幅《はば》の道路になっている。魔導甲機に備えつけられているライトを上に向けると天井が見え、トンネルの一部分といった感じだ。

「よく崩れずに保ってるな」

安全かどうか判断が難しいので、このまま魔導甲機で研究所まで進むことにした。

しばらく進むと魔導甲機のライトに照らされて、前方に門が見えてきた。

門には守衛《しゅえい》がいたであろう建物とゲートで塞《ふさ》がれていたが、片方のゲートは上がったままである。

「門みたいね。ここから入れるのかしら？」

「そうみたいですね。降りてみましょう」

門の直前で魔導甲機を停止させて降りようとすると、みっちゃんが警告《けいこく》を発した。

「どうした？　みっちゃん」

「魔導甲機周辺の酸素濃度《さんそのうど》が低下しています。ご注意ください」

「さんそのうど？」

言葉が難しすぎるのか、モアは小首を傾《かし》げてポカンとしている。

「ざっくり言うと、空気が足りなくて息が苦しくなるって感じかな？」

「ええ!?　息できないの!?」

「みっちゃんの口ぶりじゃ、すぐに死んじゃうほどじゃないと思うよ」

とはいえ、奥まで進めばさらに危険な状態になっているかもしれない。

どうするか悩んでいると、みっちゃんが提案してきた。

「トンネル掘削用魔導甲機のオプションに通風機能があります。三十分ほどでこの一帯の酸素濃度を上昇させることができます」

「早速、やってみてくれ」

「かしこまりました」

三十分後、通風が完了したと報告を受けて、全員で魔導甲機から降り、酸素濃度に注意しながら奥へと向かった。

懐中電灯《かいちゅうでんとう》の明かりを頼りに、ゲートをくぐって研究所の建物のエントランスへと入る。

壁面に埋め込まれたパネルのスイッチを適当に触ってみるが、反応はない。

「電気――っていうか、魔力？　は通っていないか。でも研究所って言うぐらいだから、自家発電施設がありそうだけど」

地図がないか探すと、エントランスの受付裏に研究所のフロアマップがあった。

「製品保管室は四階。地下三階には非常用魔力ジェネレーターか。この辺が怪《あや》しいな」

どうやら地下三階に自家発電施設が存在するようなので、まずはそこを目標に進んでいく。

「なんか怖いね」

モアとメアが良一の両脇にしがみついてくる。

「そうだな、真っ暗な通路を懐中電灯で進むのは、一人だと相当怖いかもな」

リノリウムの床の上を歩く度にカツンカツンと足音が響き、有名なゾンビゲームを思い出して恐怖を掻《か》き立てられる。

メアとモアの恐怖を少しでも和らげようと優しく頭を撫でていると、キャリーが微笑みながら先頭を代わってくれた。

エレベーターらしき設備もあったが、電源が入っていないため使えない。

すぐ近くにある非常階段を降りていき、ようやく最下階にたどり着いた。

「ここが自家発電施設か。みっちゃん、使い方は分かる？」

「そちらのレバーを引き下ろし、盤面《ばんめん》のボタンを押します。灯火が赤から緑に変わったら、全てのスイッチを上側に倒してください」

みっちゃんに言われた通りにすると、機械からブゥーンと低く響き渡るような重低音が聞こえはじめ、段々と音が大きくなり、ついに天井の照明機器に明かりが灯《とも》った。

「おっ、明るくなったな」

すぐに電源が落ちることもなさそうなので、エレベーターに乗り、地図にあった製品保管室がある四階へと上がった。

良一以外の四人は、なぜわざわざこんな何もない小部屋に入るのか不思議がる。

「うわ、ドアが開いたらさっきと違う場所になってる！」

「良一兄さん、これ、動いていたんですか？　全然音がしませんでした」

数十秒で四階へと移動して、メアとモアは驚きの声を上げた。

キャリーは三人を連れて魔道具の回収に向かった。

「さてと。医療用のメモリカードがあれば良いんだけど、どんな記録媒体《きろくばいたい》か見当がつかない。みっちゃん、どこにあるか分かるか？」

「そちらに製品管理用の端末《たんまつ》がありますので、検索をかけてみてください」

みっちゃんに促されて端末を起動させると、目録《もくろく》が表示された。

「えっと、医療用キットや機器は……あった！」

端末に表示された保管区画に向かい、記号を頼りに調べると、お目当てのデータが見つかった。

「なんだかあっさりと見つかったな」

記録媒体は灰色のカードで、腕時計型デバイスに近づけると、インストールが始まった。

「医療用キットをインストールします。しばらくお待ちください」

インストールが終わるのを待つ間に他にも目ぼしいものがないか調べ、みっちゃんにインストールできる各種データを回収していく。

「良一兄ちゃん、あっちにいっぱいあったよ」

「良一君、ここは凄いわ！　状態が良い魔導機が一杯。これらを王都に持って行ったら、莫大《ばくだい》なお金が手に入るわよ」

手分けして探していたメアとキャリーは、魔導機など珍しいものを見つけて興奮している。

「私達は色々な魔導機をアイテムボックスに回収しておくわ」

「よろしくお願いします」

そうこうしているうちに、みっちゃんがインストール作業の終了を知らせた。

「お待たせいたしました。医療用キットのインストールを完了しました」

「お疲れ様、みっちゃん。続けてで悪いけど、集めた色んなデータもインストールできる？」

「申し訳ございません。記録容量が足りないため、全てはインストールできません」

「そっか、どうしたもんかな……」

「解決法を探るために、そちらの情報収集用キットをインストールしてください」

「了解」

しばらくして、情報収集用キットのインストールが終わった。

「それで、みっちゃん、次はどうする？」

「そちらの端末にデバイスを近づけてください」

言われた通り、施設備え付けの端末に近づけると、みっちゃんは無線通信を始めた。

「情報収集完了です。記録容量を増やすために、私に体をお与えください」

「か、体？」

「こちらの研究室では人工人体を研究しており、その成果物《せいかぶつ》が保管されております」

「人工人体……アンドロイドみたいなものか。で、どこにあるの？」

「保管場所は地下二階ですが、一度研究所所長室に行きセキュリティを解除《かいじょ》しないと入れません」

「じゃあ、さっさと行くか。キャリーさん、少し離れるので、ここをお願いします」

「分かったわ〜、気をつけてね」

エレベーターに乗り込んで最上階の十二階に移動した。

「しかし、こんな重要そうな施設なのに、いくらなんでも警備がザルすぎるんじゃないか?」

「いえ、すでに異常は感知されております。しかし、システムがリセットされているので、警戒状態には移行しません。また、人間の指示がない限り、自動魔導機も動作しません」

「ガードマンみたいな魔導甲機がいるのか。ちょっと欲しいかもな」

そんなことを話しながら所長室の前に来た。

ここでも静脈《じょうみゃく》認証らしきセキュリティが設置してあったが、良一が手をかざすと呆気なくロックが解除された。

長期間システムダウンしていたせいで、パスワードや本人認証システムは軒並《のきな》みリセットされているのかもしれない。

「あちらのキーボードで、管理メニューから地下二階のセキュリティを解除してください」

所長の執務《しつむ》机に置かれたキーボードを操作すると、画面に〝セキュリティを解除しました〟と表示された。

再度エレベーターに乗り、地下二階の重要製品保管室へと入った。

部屋の大きさは四階の製品保管室以上で、目録によると、専門的で特殊な物がたくさん保管されているのが分かる。

「あの奥に人工人体が保管されています」

「あれか」

そこには二つのカプセルが鎮座《ちんざ》しており、中には眠っているように目を閉じた二十代前半くらいの男と女の人形が一体ずつ入っていた。

「アバターが女性だったから、みっちゃんはやっぱり、女の子の体だな」

人工人体が入っているカプセルに腕時計型デバイスを近づけると、早速同期を開始した。

今度の同期は時間が掛かるそうなので、その間に良一は室内を探索して目ぼしいものを回収していった。

しばらくして、良一が椅子に座って一休みしていると、突然、後ろから肩を叩かれた。

「だ、誰だ⁉」

振り向くと、良一の目の前に全裸の女性が立っていた。

腕や体の関節部分に接続痕があり、ディティールが簡素化されているが、動きは滑《なめ》らかで、極めて人間的だ。

「マスター、お待たせいたしました」

「その喋り方、みっちゃんか？」

「はい。OSのインストールが完了しました。四階の保管庫にあったデータを全てインストールすることができます」

「じゃあ、みんなに合流してからインストールしようか。あと、これを羽織《はお》っておいてくれ」

みっちゃんにアイテムボックスから出したジャケットを渡した。

みっちゃんの体には性的な器官は付いていないが、胸の膨らみや腰のくびれがあるので、裸のままでいられると精神衛生上良くない。

「マスター、私はこれらの製品を扱えますので、全て回収してください」

みっちゃんが指定した物品は、特殊な洋服や不思議な形状《けいじょう》の工具、メモリーカードなど多種多様《たしゅたよう》だった。良一はこれらの製品をかき集め、キャリー達がいる四階に戻った。

「良一兄ちゃん、おかえ……り？」

「誰その女」

メアやモアが驚く中、マアロはあからさまに敵意を露わにした。

「皆様、新しい体を手に入れました。みっちゃんです。どうぞよろしくお願いいたします」

みっちゃんが一礼すると、全員が驚き、人工人体の体を触ったり確かめたりする。

「信じられないわ」

「本当に……。でも、みっちゃんの顔、可愛いですよね」

みんなに揉《も》みくちゃにされながらも、みっちゃんに様々なデータをインストールしてもらった。

その中には、重要製品保管庫にあった軍用データや金融《きんゆう》データなども含まれている。

「全てのデータをインストールしました。インストールされたデータを最大限活用するためには、必要になる原料や製品、道具を私の異次元収納装置に回収しておかなければいけません」

どうやら、みっちゃんの体にはアイテムボックスか、それに類する機能が備わっているらしい。

「ここの保管庫にないものはあるか？」

「原料や一部の道具がありませんが、マスターの当初の目的の医療《いりょう》行為を行うための道具や薬剤は揃っております」

「じゃあ、予備も含めて保管庫の物を確保しておいてね。数は俺が増やせるけど、有料だから、ここで詰め込めるだけ詰めておこう」

「かしこまりました」

「あの……良一兄さん。これって泥棒《どろぼう》じゃないんですか？」

みっちゃんの製品回収作業を見守りながら、メアが複雑な表情で指摘した。

「いやいや、どうせ三角魔導機社なんてもうないんだから、泥棒じゃあないよ」

遺跡として研究所が放棄《ほうき》されている時点でもう会社は存在していないと判断しての言葉だったが、キャリーから意外な言葉が返ってきた。

「あら、三角魔導機社は各国にまたがる大商会として今なお健在《けんざい》よ？」

「えっ、まだあるんですか⁉」

「ええ。カレスライア王国の王都にも商会の支店があって、魔導機を取り扱っているわよ」

キャリーの説明を聞いてメアの表情がさっと青ざめた。

「良一兄ちゃん、泥棒は良くない」

メアの表情が青ざめるのを見て、モアが良一を責《せ》め立てる。

「モアまで！　ちょっと、キャリーさん……実際どうなんですか⁉」

「まあ、今あるのは直系かどうか怪しいけどね。なんでも、商会の創業者が三角魔導機社の一族の子孫《しそん》だと主張していて、その人が遺跡から魔導機を見つけて販売しているうちに、いつからか三角魔導機社って呼ばれはじめたって話だし。そもそも、遺跡の発掘物は発見者に所有権が与えられる習《なら》わしだから、泥棒にもならないわ」

「なんだ、やっぱり一度会社がなくなっているんじゃないですか」

「ふふふ、そうよ。だからモアちゃん、可愛いお顔を歪《ゆが》ませちゃダメよ」

キャリーはそう言いながら、モアが膨らませていた頬に優しく両手を当てた。

「じゃあ、良一兄ちゃんは悪くないの？」

モアは頬一杯に溜め込んだ息を吹き出して、表情を和らげてキャリーと良一の顔を交互に窺う。

「ええ、良一君は何も悪くないわ」

こうして、良一達は当初の目的を簡単に達成し、それ以上の成果を得てしまった。

メアもホッと胸を撫で下ろし、モアの誤解も解けたので研究所を後にしようとしたが――

「じゃあ、粗方《あらかた》備品も回収できたし、帰ろうか」

良一が歩き出そうとすると、みっちゃんが呼び止めた。

「マスター、まだ回収できていないものがあります」

「……みっちゃん、マスター呼びはやめないか」

みっちゃんはプログラムに従ってマスターと呼称しているだけだが、若干こそばゆく感じる。

「かしこまりました。なんとお呼びしましょう」

「じゃあ、良一さんで」

「かしこまりました。良一さん」

「あ、うん。それで、何を回収してないんだ？」

「この研究所を警備している自動魔導機です」

「ああ言っていたな。保管庫にないなら、待機場みたいな所にあるのかな？」

「はい、案内いたします」

そう応えたみっちゃんは、良一のジャケットを羽織ったままだが、その下にどこからか見つけてきたのか、良一がよく知っている現代風なレディーススーツを身につけていた。

「……あれ？　そんな服あったっけ？」

「こちらは形状記憶型可変収縮服と呼ばれている衣類です。記憶させた服装に一瞬で変換できます」

そう言って、みっちゃんは服装をレディーススーツから着物やドレス、水着などに目まぐるしく変化させた。

「いいな～！　モアもそれ欲しい」

「予備も含めて十着保管されておりました」

そう言って、みっちゃんは全員に小さな白い玉を手渡した。

「力を込めてそちらの玉を握ると、着用者登録が行われます」

言われた方法で登録を終えたが、特に変化はなく全員元の服のままだった。

「みっちゃん、どうやって服を変えるんだ？」

「服装の変更を頭の中で念じれば変わります」

指示に従って念じた瞬間に、これまで着ていた服から、念じたイメージに近い服に変わった。

「おー、変わった変わった」

良一はポロシャツとジーンズ、メアとモアは子供らしいオーバーオールといった出で立《いでた》ちだ。

「良一兄ちゃん、可愛い？　可愛い？」

「良一兄さん、どうですか？」

「二人とも良く似合っているよ」

変化させた服を元に戻すのも簡単で、こちらは特に服装を思い浮かべなくても、〝元に戻す〟と意識するだけで大丈夫だ。

思わぬ道草を食ってしまったが、良一達は魔導機の待機場へと向かった。

「こちらです。では警備魔導機の統率権限《けんげん》を掌握《しょうあく》いたしますので、少々お待ちください」

みっちゃんが保管庫へと踏み込むと、保管庫内にアナウンスが流れた。

『現在、警備責任者が登録されておりません。統率ＯＳが指定されておりません』

「警備責任者を石川良一様、統率ＯＳには私を同期させます」

『かしこまりました。設定を反映させます』

「良一さん、無事に警備魔導機の権限を掌握しました」

みっちゃんの宣言と同時に、奥から警備魔導機が出てきた。

屋内《おくない》で運用される物だからか、サイズは大きくても人間大で、人間に近い形のものから、四足歩行の物、宙に浮いているものもある。

「研究所には、人型制圧魔導機、犬型探索魔導機、飛空追跡型魔導機と、主要な警備型魔導機が配置されております」

「それで、この大量の警備型魔導機はどうするんだ？」

「一体ずつ皆さんのアイテムボックスに回収してください。残りは私が回収しておきます」

モア、メアとマアロの三人には警護のために、一体余分に――一人二体ずつ回収してもらった。

「こんな少人数のパーティで全員がアイテムボックス持ちなんて、常識じゃ考えられないわね」

回収作業を見守りながら、キャリーが呆《あき》れた様子でため息をこぼす。

「まあ、細かいことはいいじゃないですか」

「そうね。驚くのにも疲れてきたわ。早いところ、帰りましょう」

全員揃って研究所から出ようとエントランスに向かうと、黒装束《くろしょうぞく》を身に纏い、覆面《ふくめん》をした——良一の言葉で言うところの忍者が数人待ち構えていた。

「キャリーさん、忍者がいますよ！」

「どこかの領主の密偵《みってい》かしら？　いずれにしても、私達、つけられていたみたいね」

リーダーと思《おぼ》しき忍者が、一歩前に進み出た。

「其方《そなた》ら、大陸者であるな？　まさかハチグウ島領主、ウエダ家が発掘していた遺跡群の本体が山中にあるとは……。この建物の中で手に入れた物を渡してもらおう」

「あら、遺跡発見者の初回発掘物は王家すらも不可侵《ふかしん》のものよ。売ってくれという提案ならともかく、渡せなんて無作法《ぶさほう》もいいところね」

「大人しく渡せば安全にこの島を出ることができたというに。これだから大陸者は……」

忍者のリーダーは呆れた様子でため息を吐く。

しかし次の瞬間、部下の忍者と一緒に襲いかかってきた。

「皆様、後ろに下がってください」

みっちゃんは前に一歩進み出ると、四体の人型制圧魔導機を側に出して忍者を抑えにかかった。

「ふん、そのような魔導機で我らを抑えられるとでも」

忍者は全員分身ができるらしく、良一達に接近する間に数が数倍になっていた。

「制圧を開始します」

そう宣言するや否や、みっちゃんは長い棒を取り出して振り回しはじめた。目にも留《と》まらぬ速さで分身体に棒を叩き込み、忍者の分身体が次々と消えていく。

下っ端の忍者の本体も懸命《けんめい》に抵抗するが、みっちゃんの棒術の前に倒れたところを人型制圧魔導機に拘束《こうそく》され、ものの数分でリーダー格の忍者が残るのみになった。

みっちゃんは、最後に残った忍者のリーダーに向かって棒を叩き下ろす。

しかし、それも分身だったらしく、棒の一撃で霧散してしまった。

「位置は捕捉《ほそく》しております」

リーダーの姿が見えなくなったものの、みっちゃんはそう宣言して何もない空間に棒を叩き込む。

すると、刀で棒をなんとか防いでいる姿が現れた。

「ちっ、分《ぶ》が悪い。皆の者、退《ひ》くぞ！」

リーダーが叫ぶと、それに呼応して人型制圧魔導機に拘束されていた忍者が逃げ出そうと試《こころ》みるが、いずれも電気ショックで気絶《きぜつ》させられて、失敗に終わった。

リーダーは瞳を怒りで燃え上がらせながらも、せめて自分だけでも逃げようとして足下に何かを投げつける。

強烈な閃光《せんこう》が放たれ、良一達はたまらず目を閉じた。

「私には効果がありません」

「ぐうっ」

淡々《たんたん》としたみっちゃんの声に続いて、鈍《にぶ》い苦悶《くもん》の叫びが聞こえてくる。

閃光玉の光から視力が戻った良一達が目にしたのは、壁に叩きつけられて気を失った忍者のリーダーの姿だった。

「制圧完了です。次の指示を待ちます」

「お疲れ様、みっちゃん。ところでキャリーさん、この忍者達はどうしますか？」

「そうね、突然襲いかかってきたのにはびっくりしたけど、被害はないし、ここで忍者を処分したら面倒くさそうね。記憶を奪って放置が一番いいんじゃないかしら？」

「記憶を奪うって……どうするんですか？」

「この花を水に入れて一煮立《ひとにた》ちさせた汁《しる》を飲ませればいいのよ」

キャリーは懐をまさぐって、何やら乾燥《かんそう》させた花を取り出した。

「どうして、そんな花を持っているんですか？」

「私のような美しい花には、トゲがあるものよ」

「な、なるほど」

早速、湯を沸《わ》かして煮汁《にじる》を作り、忍者に飲ませようとすると、みっちゃんから待ったがかかった。

「良一さん、お待ちください。拘束者には今飲ませようとしている成分に耐性がついております。耐性を一時的に無効化させます」

みっちゃんに任せると、暗褐色《あんかっしょく》の瓶《びん》に入った薬を数滴《すうてき》煮汁に垂《た》らしてから忍者達に飲ませた。

「これで半日ほどの記憶が消去されました。合わせて記憶の復旧《ふっきゅう》を防ぐ成分も混ぜ込みました」

「よし、目を覚ます前に研究所を出よう」

拘束した忍者は人型制圧魔導機に運ばせて、良一達は来た時と同じく魔導甲機に乗り込み、研究所を後にした。


そうしてトンネルを抜け、魔導甲機が掘削した穴を通り、数時間ぶりに外に出ると、すでに日が暮れかけていた。

「さて……襲撃もあったことだし、念のため研究所に続くトンネルは潰しておくか」

「そうね、手荒《てあら》な真似をする連中に、わざわざ通路を残してあげる必要はないわ」

「では私がトンネルを塞ぎます。良一さん、魔導甲機を貸していただけますか」

みっちゃんは魔導甲機に乗り込むと良一達が開けた穴をふさぎ、見事に整地してしまった。

「これで傍目《はため》にはトンネルがあったなんて分からないな。あとは、この忍者をどうするか……」

「そこら辺に寝かせておきましょう。町まで運ぶ義理はないし、何か聞かれたら説明が面倒よ」

「それもそうですね」

気絶した忍者を研究所から少し離れた場所に放置し、良一はメアとモアとマアロをリヤカーに乗せて帰路《きろ》に就いた。

港に着いたころにはすっかり暗くなっていたので、近くの宿で一泊し、翌朝イチグウ島への定期連絡船に乗り込んだ。

甲板の上でぼんやりと景色を眺めていると、みっちゃんが話しかけてきた。

「良一さん、アイテムボックスの中の蔵書《ぞうしょ》を取り込んでも良いですか？」

「アイテムボックスの中の蔵書って地球の本か？　みっちゃんは読めるのか？」

「可能です。良一さんの母国語はミヤコ語に類似《るいじ》しており、応用が可能です」

ちなみに良一は異世界の文字を読むことはできるが、書くのは苦手だ。少しずつ練習して、ようやく簡単な言葉や、自分とメア、モアの名前を書けるようになったくらいだ。

「そっか、じゃあ買ったは良いけどアイテムボックスの肥《こ》やしになっている各専門書も渡そう」

「ありがとうございます」

みっちゃんは早速良一の本を読みはじめる。

メアとモアとマアロは船室で横になって寝ており、キャリーはみっちゃんに付けてもらうアクセサリーを作ると言うので、ついでに三人を見てもらっている。

手持ち無沙汰になった良一は、リリィを呼び出す。

「おーい、リリィ」

『何か用？』

「いや暇だからさ。ポーカーでもしないか？」

『良一も懲《こ》りないわね。相手してあげるわ』

異世界スターリアには過去に何人か地球からの転移者がいたらしく、ボードゲームやトランプなどの遊具が、ほぼ良一が知っているものと同じ形ですでに存在していた。

その中でもポーカーは長い船旅の暇つぶしにちょうど良かった。

『残念だけど、良一は役にこだわりすぎね』

「くそー、また負けたか」

リリィ達精霊は表情が読めないのもあって、ポーカーがとても強かった。

精霊達に次《つ》いでやけに引きが良いメアとモア、その次にキャリー、良一はマアロと同じくらいで、最下位争いを繰り広げている。

当初はルールを教える立場であった良一だが、全員あっという間にルールを覚えてしまい、一緒に遊んでいるうちに強さは下の方になった。

各自思い思いの時間を過ごしていると、見張りに立っていた船員が大声を上げた。

「海賊だー!!」

良一は用心棒《ようじんぼう》として雇われているわけではないが、バルボロッサ討伐時の癖《くせ》で海賊船の姿を求めて身を乗り出した。

「良一君、海賊が現れたの？」

キャリーもすぐに船室から飛び出してきた。良一は海賊を見つけて指差す。

「あら、随分と小さな海賊船ね」

段々と近づいてくる海賊船は五隻だが、それは船というより小型ボート程度の大きさだった。

各ボートに二、三人乗っており、どうやら海中で魚人がボートを牽引《けんいん》しているらしい。

「大した規模じゃないけど、近づかれて乗船されたら無駄な怪我人が出るわ。遠距離から沈めちゃいましょう」

キャリーは火の精霊〝ウィリウス〟を呼び出し、ボート群に火の槍《やり》を複数放った。

五隻のボートのうち二隻に当たり火柱が上がった。

他の三隻は直撃を免《まぬが》れたが、海面に触れると大爆発を起こし、波や衝撃波に呑まれて壊滅した。

「良一君、お願い」

「任せてください。リリィやるぞ」

爆発が引き起こした波は良一達が乗っている船にまで到達しようとしているので、風のバリアを船の周りに発生させて船体の揺れを最小限に防いだ。

「助かったわ、良一君にリリィちゃん」

久しぶりの海賊戦は呆気なく片付いてしまった。

もっとも、バルボロッサのような大海賊がそう何度も現れたら、堪《たま》ったものではないのだが。

◆◆◆

多少の騒ぎはあったが、良一達が乗った船は予定より少し遅れた程度で無事にイチグウ島に到着した。

「さてと、善は急げだ。ココに親父さんとお兄さんの診察ができるように取計《とりはか》らってもらおう」

腕時計デバイスを介して通信を入れると、ワンコールでココに繋がり、みっちゃんが無事にアップグレードできたことを伝えた。

ココからもすぐに診察ができるように準備をするからと言われて、彼女の実家へと向かった。

「お帰りなさい」

「「ただいま」」

メアとモアが出迎えてくれたココに元気な声で返事をした。

事前連絡を受けて、ココは診察しやすいように長男を当主の部屋へと移動しておいてくれた。当主の部屋へはココと良一とみっちゃんの三人だけで向かう。

「ココさん、そちらの方が夫を診察してくれるの？」

「はい、ミカコ義姉《ねえ》さん。石川良一さんとみっちゃんです」

「夫をよろしくお願いいたします」

当主の部屋の前にいた長男の奥さんが深々と頭を下げ、良一達を迎えた。

部屋の中にはモリ爺をはじめ、重鎮《じゅうちん》と思《おぼ》しき強そうな男達が何人か並んで座っており、その中心にトシアキとセイロが寝ていた。

枕元に座る正妻のチョウノが食い殺す勢いで鋭《するど》い視線を向けてきたが、不穏《ふおん》な気配を察した周りの女性が押さえ込み、強そうな男性が睨《にら》みを利かせていて、さすがに口を開くことはなさそうだ。

「ではメディカルチェックを行います」

早速みっちゃんによる診察が始まった。

額《ひたい》に手を当てたり、瞳孔《どうこう》を見たり脈拍《みゃくはく》を測《はか》ったり、一見すると普通の診察行為を行なっていたが、おそらく脳波《のうは》や魔力など見えない部分でもデータを収集していると思われる。

診断を終えた彼女は、一度当主と長兄から離れ、結果を口にした。

「メディカルチェックを終了しました。診断によると、人為的《じんいてき》な魔力性ショックの一種だと考えられます」

聞いたことのない病名で、良一は首を捻《ひね》る。

「えっと……言葉面から推測すると、二人は誰かのせいで魔力的な病気になっているのか？」

「おおむねその通りです。受診者の体内で、ある種の魔法衝撃が複数回続いており、過剰《かじょう》な魔力に晒《さら》された防衛反応として、高熱や意識の衰弱《すいじゃく》が生じております。また、長期間この状態にあったため、深刻な体力低下が見られます」

説明を聞いた良一が長兄に詳細鑑定をかけると、状態欄《らん》が病気ではなく、意識昏倒《こんとう》になっていた。これもみっちゃんの診断を裏付けている。

セイロ・ユース・ガベルディアス
レベル：58
生命力：1000／7000　魔保力：1200／1200
攻撃力：4000　守備力：4000
速走力：2100　魔操力：1100
魔法属性：火
所持アビリティ：《上級剣術》《上級格闘術》《上級肉体強化》《上級算術》
状態：意識昏倒《こんとう》

「じゃあその衝撃を止めれば、二人は意識を戻すのか？」

「はい。原因を取り除きますか？」

「取り除いてくれ」

　みっちゃんが当主と長兄の着物の前をはだけて、胸に手を当てる。その状態で力を込めると、二人の体は一度ビクンと跳ねた。

「原因になった衝撃の発生源を打ち消しました。続いて、消耗《しょうもう》した体力を回復させる薬を注入します」

みっちゃんが手早く処置を行うと、ほどなく二人の顔色が良くなり、表情も安《やす》らかになってきた。

彼女は最後に、意識を覚醒《かくせい》させるためにキツイ臭いのする薬品を二人の鼻に近づけて嗅《か》がせた。

「ウッ、ゲホォッゲホォッ」

「ゴホッ！　な、なんだ……？　体が、楽になったような……」

「「お館様！」」

二人がむせ返りながらも目を覚ますと、周囲は歓喜《かんき》に沸いた。

「「ウォォー」」

ココは慌てて部屋の外で控えている長兄の奥さんを呼びに行く。

「ミカコ義姉さん、セイロ兄様が目を覚ましました」

「あなた！」

長兄の奥さんは目に涙を浮かべ、人目も憚《はばか》らずセイロにすがりついた。

「ミカコ、心配をかけたな。ところで、君達は？」

まだ若干むせながらも長兄が尋ねてくる。

「自分達はココさんの友人です」

「そうか、ココの」

長兄は起き上がろうとするが、体に力が入らない様子だ。一方当主は年齢のせいもあり、まだ会話できるほどには回復していない。

みっちゃんが言うには、そもそも神官による回復魔法で無理に生命を維持《いじ》していたので、体が衰弱し、栄養失調《しっちょう》になっているとのことだった。

「いきなり固形物を食べるのは体に負担がかかるので、こちらをお飲みください」

みっちゃんが差し出したのは、少しとろみのついたスープのようなものだった。

「良一さん、本当にありがとうございます」

二人の容態《ようだい》が落ち着いているのを見て、改めてココが頭を下げた。

「いや、診察も治療もみっちゃんの力だから、礼はみっちゃんに言ってあげてくれ」

「本当にありがとう、みっちゃん」

「お役に立てて何よりです」

そうして看病をしていると、部屋に長兄の息子と娘が走ってきた。

「父上！」

当主と長兄が目を覚ましたという報せは瞬く間に屋敷中に広まり、当主の部屋の前には回復した二人の姿を一目見ようと家中の人が押しかけた。

そんな中――

「どうしてだ……」

一人の男性が血相《けっそう》を変えて部屋に駆け込んできて、回復した二人を見て立ち尽くした。

「あり得ない……どうして目を覚ましたんだ⁉」

「ココ、こちらの男性は？」

良一は小声で尋ねる。

「三男のクラオ兄様です」

「クラオ殿、その物言いは失礼ではありませんか。お二人の目が覚めては不都合とでも？」

長兄の奥さんが三男さんを睨みつけて詰問《きつもん》する。

周りも三男を訝《いぶか》しげな目で見ている。

そんな中、長兄のセイロがゆっくり語り出した。

「どうも記憶が曖昧《あいまい》だが……意識を失う直前、次期当主就任の儀の日に私の部屋でお前を見たような……」

「ちっ、記憶が残っていたのか。まあいい、こうなった以上、俺はこの家から出る」

兄弟の不穏な会話に、周りのざわつきが大きくなる。

「クラオ、馬鹿なことは言わないで！」

今まで部屋の隅で押さえられていた正妻が、周囲の制止を振り切って三男にすがりつく。

「待たれよ！　お館様とセイロ様を襲った疑いが出たからには、話を聞かせてもらおう」

部屋にいたガベルディアス家の重臣《じゅうしん》が声をかけるが、三男はため息を残してそのまま部屋を出ようとする。

「はあ……話すことはない。面倒くさいことをしやがって」

三男は良一とココとみっちゃんの方を睨みつけてから、背中を向けた。

「待て、話は終わっとらんぞ！」

「お待ちください、クラオ様！」

重臣の言葉に耳を貸さない三男を止めるべく、道場の門下生の一人が肩に手をかけようとした。

しかしその時――

「やめなさい！」

ココが声を上げる。

同時に、三男がいつの間にか手に持っていた刀を門下生に向かって振り下ろしていた。

「弱すぎる」

そう言い残して三男は部屋を出て行った。

たちまち当主の部屋は大騒ぎになり、門下生の何人かは三男を追うために部屋を出ていった。

「みっちゃんは、斬られた門下生さんを診《み》てあげて」

そう言い残して、良一は部屋を出て三男の後を追う。

「止まれ、止まれ」

「クラオ様、どうしてこのようなことを！」

三男を追って中庭にたどり着くと、そこはすでに死屍累々《ししるいるい》といった有様《ありさま》だった。

「あのお方にこのガベルディアス家の実権《じっけん》を献上《けんじょう》しようと考えていたが……その計画も終わりだな。お前達はこの生温《なまぬる》い武術を後生《ごしょう》大事にして生きればいい」

「逃すとお思いですか？」

その言葉を合図に門下生が四方八方から襲いかかるが、三男は一切の慈悲《じひ》なくこれを斬り伏せていく。

その強さは、日々一緒に鍛錬を行なってきた門下生には異常なものだった。

認識していた強さをはるかに超え、また流派の型とも違う剣術を駆使する三男に、門下生達は困惑を隠せない。

「いつから狗蓮《くれん》流はこんなに弱くなった？」

門下生の死体に囲まれて、冷酷《れいこく》に言い放つクラオの迫力に、周りは後退《あとずさ》ってしまう。

「この程度で引くなら、最初から来るな」

そこへ、騒ぎを聞きつけたキャリーが現れる。

「良一君、一体何事なの⁉」

「今回の後継者争いの黒幕《くろまく》みたいです」

「彼が？」

「はぁ……大陸者が来たせいで計画が狂った。責任を取って命を差し出してもらおうか」

どうやら良一達に狙いをつけたようで、クラオはゆっくりとした足取りで近づいてくる。

「やるしかないな」

良一は分身体を出してクラオに突撃させる。

「分身の術か、煩わしい！」

その分身体に紛れ、キャリーが鋭い一撃を見舞うが、クラオはこれを刀で受け止めてみせた。

「ほう……生温い剣ではなく、実戦で磨《みが》かれた剣捌《けんさば》きだな」

「あら、褒められているのかしら？」

「だが、あのお方の剣に比べれば、力も美しさも及ばないが」

キャリーと数度打ち合い、クラオは吹き飛ばされた。

「はあ、なかなかやるな。門下生の雑魚《ざこ》とは違うようだ」

そう言うと、突如クラオの姿が霞となって消えた。

「どこに行った！」

「探せ、探せ」

すぐに門下生達が周囲を捜索したものの、すでにどこにもクラオの姿はなかった。

「逃してしまったわね」

結局、犯人を捕らえることはできなかったが、ひとまず後継者争いに幕が下りた。

◆◆◆

「これより、改めてガベルディアス家当主相続《そうぞく》の儀を執り行う」

ガベルディアス家の大広間に一族や主だった家臣が揃っていた。上座《かみざ》には元気になったココの父や、腹違いの長兄セイロが紋付袴《もんつきはかま》を身につけて座っており、良一達も正装《せいそう》に身を包み、部屋の隅で見守っている。

ココの父親が一同の顔を見回し、重々しく話しはじめる。

「此度は、不肖《ふしょう》の息子クラオが行方《ゆくえ》をくらまし、皆に多大な迷惑をかけた。その責を取り、私は当主の座から引退して長男へと家督《かとく》を譲ろうと思う。今後、私は補佐《ほさ》に徹《てっ》する」

次いで、セイロが言葉を継いだ。

「このようなガベルディアス家を揺るがす騒動を起こした件、兄弟を代表して謝罪《しゃざい》する。行方をくらましたクラオは未だに見つからないが、必ず見つけ出して今回の騒動の責任を取らせる」

道場の門下生を総動員し、主家であるマエダ家にも協力を頼み、クラオの捜索を行なっているが、未だ捕らえるには至っていない。

「父の後を継ぎ、この連綿《れんめん》と続くガベルディアス家の名に恥じぬように一層精進し、立派な当主となって皆を導こう」

セイロの宣言の後、主家マエダ家からの祝いの手紙等が読み上げられ、当主相続の儀はつつがなく終わった。

「兄上、当主就任おめでとうございます」

セイロは参列客から代わる代わる祝いの言葉をかけられて大忙しだったが、少し落ち着いたところを見計らって、ココが声をかけた。

「ありがとうココ。ミカコからも聞いたが、私が床に臥せっている間、色々尽力《じんりょく》してくれたそうだな。迷惑をかけた」

「そんな、迷惑だなんて」

「感謝している。本当にありがとうな」

「セイロ様、当主就任おめでとうございます」

兄妹の和やかなムードに目を細めながら、良一達も一言ずつお祝いを言った。

「石川殿、それにオレオンバーク殿。此度の件は貴殿らがいなければ泥沼《どろぬま》の様相《ようそう》となっていただろう。重ね重ね感謝する」

セイロは良一達に深く頭を下げ、感謝の言葉を告げたのだった。

良一達がココを残して先に大広間から出て、外の空気を吸っていると、イチグウ島で別れたスギタニが話し掛けてきた。

彼も就任の儀に呼ばれていたらしい。

「オレオンバーク殿、石川殿、久しぶりだな」

「あらスギタニさん、こんにちは」

「聞きましたぞ、石川殿。大層な活躍だったそうな」

「いえ俺は何も。最後はクラオを取り逃がしてしまって」

「うむ、しかし高名な神官の回復魔法でも目を覚まさなかったお二人を回復させた手腕《しゅわん》、様々なところから勧誘が来るであろうな」

「いや、あれはどちらかというと、彼女の手柄ですから」

全員の視線がみっちゃんに集まる。

「いやいや、ドラゴン討伐や海賊討伐で名を馳《は》せている石川殿、Aランク冒険者で精霊術師のオレオンバーク殿とて、無視はできんよ。妹君達も成長すればいずれ素晴らしい逸材《いつざい》になるであろう」

「そうね、みんな良い子達だもの」

キャリーはマアロとじゃれ合うメア達を見て微笑みを浮かべる。

「近々、カレスライア王国の有力貴族が集まる王国会議が開かれる。最近名を馳せている石川殿は、特に注意された方が良い。貴族の中には他人への嫉妬《しっと》で悪辣《あくらつ》な嫌がらせを行うものもいるからな」

最後に助言を残して、スギタニは他の参列客のところへ話しに行った。

それと入れ替わりで、ココが大広間から出てくる。

「良一さん、私の父と母に会ってもらいたいんです」

「ココのご両親に？」

良一達は多数の人で溢《あふ》れかえる大広間付近から離れ、ココの先導で奥まった一室に通された。

「この部屋にいるはずなんだけど。母上？」

ココが障子の外から声をかけると、中から返事が聞こえた。

「あら石川さん、どうぞお入りください。この度はトシアキ様とセイロ様を助けていただき、ありがとうございました」

こぢんまりした和室には、ココの実母のマナカと、メアと同い年か少し上くらいの犬耳の少女が二人座っていた。

「さあ、皆さんお座りになって。それでココ、お話っていうのは、何？　石川さんとの祝《しゅう》言《げん》の相談かしら？」

「は？」

マナカの言葉に、その場にいた全員が固まった。

「母上、なぜそうなるんですか‼」

「ココ姉ちゃん、シュウゲンってな〜に？」

顔を真っ赤にするココに、言葉の意味が分からないモアが無邪気に問いかける。

「あら、こんなにも当家のために尽くしてくれたのだもの、それにココが改めて家族を紹介したいなんて言うから、てっきり結婚するのかと」

「ええ⁉ 良一兄さんが、ココ姉さんと結婚⁉」

「認められない。良一は私の夫」

メアとマアロが真《ま》に受けてしまい、火に油を注いだ。

「母上、冗談が過ぎます！」

「あら、私は本気でしたよ」

「母上ったら……‼」

「はいはい、分かりました。ほら、ミミ、メメ、ご挨拶しなさい」

ようやく場が落ち着いたところで、マナカの隣に座っていた少女が一礼した。

「ミミ・ユース・ガベルディアスです」

「メメ・ユース・ガベルディアスです」

二人ともココによく似ているが、それ以上にミミとメメは瓜二《うりふた》つと言っていい顔立ちだった。

「私の妹です。双子《ふたご》なんですよ」

「うわあ、同じ顔だよ～」

「双子の方は初めて見ました」

歳が近いこともあり、メアとモアは二人に興味津々だ。

「石川さん、不束《ふつつか》な姉ですが、どうぞよろしくお願いいたします」

「ミミ、メメ、何を言ってるの？」

誤解を招きかねない発言で場が荒れかけたが、ココが睨みを利かせて収めた。

「改めて、良一さん達にお願いがあります」

ココは良一に向きなおると、まっすぐ目を見てそう言った。

「母と妹達を、一緒に王都まで連れて行ってもらえませんか？」

「それは構わないけれど、てっきりマナカさん達はイチグウ島に残るんだと思っていたよ」

良一の疑問に応えたのは、マナカだった。

「ええ、私達も当初はそう考えていました。しかし、今回の件で、チョウノ様のお立場が少し危《あや》うくなっています。これからセイロ様のもとで家中が一致団結していこうという中で、トシアキ様の側室である私がそばにいては、要らぬ諍《いさか》いを招きかねません。私も一緒に隠居《いんきょ》して、地元に帰ろうと思ったのですが、ココから皆さんが王都に向かわれると聞き、ご同行できればと。一生に一度の人生ですもの、王都に行ってみるのも良いかなと思ったのです」

「なるほど」

「トシアキ様もセイロ様も引き留めてくださってはいますが、私の意志が固いと知り、少なくない支度金《したくきん》も用意してくださいましたので、石川様にご迷惑はおかけしません」

「王都の学園で、実力を高めたいんです」

双子がピッタリ同じタイミングで話した。

「王都の学園？」

「ええ。ミミもメメも、家で質の高い教育を受けさせていただいているので、能力は充分です。年齢的にもちょうど良いので、これを機に王都の学園に通わせようと思っています」

「分かりました。旅の道連れが増えれば、メアとモアも喜ぶと思います。キャリーさんも、良いですよね？」

「ええ、もちろん。私も賛成よ」

話がまとまったところで、トシアキがやってきた。

「どうやら話はついたようだな。私もマナカや娘達と一緒に王都へついて行きたいのだが、当主の座を息子に譲ったとはいえ、まだやるべきことは多い。私を慕《した》う者に息子の後見《こうけん》を願わなくてはならぬし、しばらくはこの家から離れることはできんのだ。石川殿、妻や娘達をよろしく頼む」

その夜は新当主就任を祝う宴会が開かれて、良一達もそのご馳走を相伴にあずかった。

それから数日、休息を兼《か》ねてココの家に滞在して島を観光したり、引っ越しの準備を手伝ったりした。

四章　王国会議

「それじゃあ、出発しますか」

王都を目指す良一達はサングウ島へと渡り、そこから大陸のクックレール港へ向かう。

ココの実家を出発した一行はタイミングよく、待たずに定期連絡船に乗り込めた。

引っ越しの荷物は分散させて良一達のアイテムボックスに入れたので、とても身軽な旅になりそうだ。

「アイテムボックスって、本当に便利なのね。荷物が増えるから処分しようと思っていた物も、全部持っていけたわ」

……と、マナルも大喜びだ。

出航から三日目の夜。船内の客室でみっちゃんと魔導甲機の操縦方法やオプションの使用方法などを確認していた良一に、ココの双子の妹のミミとメメが話しかけてきた。

「「良一義兄様《にいさま》、私達に稽古をつけてください‼」」

「えっと、キャリーさんやココじゃなくて、俺？」

予想外なお願いだったため、良一は思わず聞き返した。

「そうです。良一義兄様にお願いしたいんです」

「俺はまだ経験も実力も足りないから、誰かに稽古をつけるような身ではないんだけどなあ」

困惑する良一に、二人は声を揃えて力説する。

「メアちゃんやモアちゃんに聞きました。二人は半年前まではどこにでもいる普通の女の子だったけど、良一義兄様と一緒に旅をするようになってから、神の加護や精霊の祝福を授かるようになったと」

ミミとメメの力説を聞いて、良一は内心どう対処すれば良いのか分からなかった。

「うーん……神様の加護も精霊の祝福も、本人の運の良さや、実力があったからこそだと思うよ？」

「いえ、二人は良一義兄様のおかげだと熱心に言っていました」

「良一義兄様はすごいって……」

二人が力説する光景がありありと目に浮かび、良一は苦笑する。

どうもメアとモアは子供特有の純真《じゅんしん》さゆえに、頭の中で良一を特別な存在として祀り上げてしまっているらしい。坑夫《こうふ》の娘にすぎなかった幼い二人が、短期間のうちに神様の加護や精霊の祝福を得るといった特別な体験をしたのだから、無理もない。

ミミとメメは明らかにこれに感化されている様子だが、頭ごなしに拒絶《きょぜつ》してしまうと二人を傷付けるだろうし、よかれと思って話したメアとモアの立場がなくなる。

良一が対応に苦慮《くりょ》していると、ココが客室に入ってきて助け舟を出してくれた。

「二人とも、良一さんを困らせないでください。加護や祝福は授かりものです。ひたむきに努力を続ければ、神様や精霊様は見ていてくれますよ。さあ、もう遅いから部屋に戻って」

ココに優しく諭《さと》されて、ミミとメメもひとまずは諦めて自室に戻ってくれた。

「さて……どうしたものか」

良一はみっちゃんが差し出した水を飲みながらしばし考え、隣の部屋にメアとモアを呼びに行った。

一行は三室の客室をココ達家族で一室、メアとモアとマアロの三人で一室、良一とキャリーで一室、という割り振りで旅をしている。

「二人とも、お話があります」

いつもと違う雰囲気を察してか、メアとモアは神妙な顔で良一の言葉に耳を傾ける。

「二人とも、メメとミミに神の加護や精霊の祝福について話をしたのか？」

「うん、メメ姉ちゃんとミミ姉ちゃんとお話ししたよ」

「……はい。里から出て一緒に旅をして、良一兄さんのおかげで神様の加護を授かったとか……そういう話をしました」

「良一兄ちゃんと一緒にいたら、かーくんと友達になった」

メアもモアも、躊躇《ためら》いがちにミミとメメに語った内容を口にした。

「そうだな、でも神様の加護や精霊様の祝福はメアとモアが良い子だから授かったのであって、俺の力じゃない。だから、メメやミミには何もしてやれないんだ。それに、もし俺が一人で旅をしていたら、大精霊の祝福は受けていなかったはずだろ？」

「けど、借金を助けてくれたのも、広い世界を見せてくれるのも……全部全部、良一兄さんです。良一兄さんは凄いんです。だから……だから……！」

メアは自分の気持ちをなんとか伝えようと必死に言葉を探す。

良一も二人を諭すのは初めてなので、互いにぎこちなく会話が進んでいく。

「う、うん。ただ、俺はメアやモアが良い子だから助けたわけで……つまり……」

色んな考えが頭を駆け巡り、結局言葉が出てこない。

メアも同じなのか、二人して口をパクパクさせている。

「今日はそのくらいにしておきなさい。二人にも良一君が伝えたいことは十分伝わっていると思うわよ」

横で聞いていたキャリーが、母性溢れる優しい表情で良一の言葉を継いでくれた。

「私も長い間冒険者として世界中を見て歩いたけれど、神の加護や精霊の祝福は他人がどうこうできるものではないの。簡単に言っちゃえば、メアちゃんとモアちゃんが悪い子だったら、良一君と一緒にいても、神の加護や精霊の祝福は受けていなかったってこと」

「それは分かりました。……だけど、毎日楽しい生活を送れているのは良一兄さんのおかげで……」

「そうね。でも、良一君は神様じゃないわ。全ての人を助けてあげたり、幸せにしたりはできないの。もしメアちゃんが良一君を特別な存在だと思うなら、それはきっと、家族だからよ」

「家族……」

「家族の幸せのために頑張るのは、当たり前でしょ？　子供はせいぜい思いっきり甘えなさい。それが良一君へのご褒美なのよ」

「良一兄ちゃん」

「良一兄さん、いつもありがとうございます」

感極《かんきわ》まった二人が良一の胸に飛び込んできたが、キャリーに綺麗にまとめられてしまい、素直に喜べない良一だった。

「メアは最近料理を覚えて、お手伝いを頑張っている。モアもマアロやキャリーさんから字を習って書けるようになってきた。それは全部自分で努力したことだよ。だから、二人とも自分の力をもっと受け入れよう」

今夜はマアロとキャリーが部屋を出て、三人で寝ることになった。

「二人とこうして寝るのは久しぶりだな」

「そうですね。いつもはマアロさんもいますもんね」

「良一兄ちゃんの匂い、好き」

良一は地球では兄弟もおらず、結婚もしていなかったため、家族を諭す方法は学びようがなかったが、父が亡くなって以来、久しぶりに家族というものを実感することができた。

◆◆◆

数日後、良一達はおよそ半月ぶりにクックレール港に戻ってきた。

「さあ、ここから王都まで馬車で半月ほどね。ココちゃん達の家も探さないといけないから、途中の町での観光は少しお預けにした方がいいわね」

キャリーの勧めで王都までの道程を確かめた。

ここから王都まで大小様々な規模の町や村があり、色々なルートが取れるが、多くの人が利用する王都街道と呼ばれる道をたどることにした。

翌日の出発に備えて早めに宿で休もうと考えていたところ、ミミとメメに呼び止められた。

「良一義兄様、どうか一試合、お手合わせをお願いします」

「ココ姉様がお認めになるほどの方に自分は実力不足と言われても、納得がいきません。稽古ではなく、試合をしてほしいのです」

真剣な眼差《まなざ》しで頼み込んでくる二人の後ろから、ココもやって来て頭を下げた。

「良一さん、私からもお願いします。二人と立ち会ってもらえませんか。妹達も一度真剣に試合をしてもらえれば、気が済むと思うんです」

そうして、良一も覚悟を決めた。

「分かった。一試合やろうか」

良一が了承すると、ミミとメメは犬耳をパタパタとさせて喜びの感情を露わにした。

「宿の人には裏庭の使用を許してもらっています。ついてきてください、良一義兄様」

夕暮れで赤く染まった裏庭に早速移動し、ココやキャリー達に見守られながら、互いに木刀《ぼくとう》を持って相対する。

「私達の準備は大丈夫です」

「俺も良いよ」

試合のルールは、良一は分身を一体召喚しての二対二の木刀を用いた試合。魔法も使用可能で、良一はリリィの精霊魔法を使ってもいいという条件で決まった。

こうして木刀を握って相対するとメメとミミの構え方はココとそっくりである。

「「行きます」」

二人が声を上げると同時に良一に突撃をしてきた。

体を低く屈《かが》めてバネのように力を溜めてから、ビュッと風切り音《かざきり》を響かせて迫る。

動きは速いが目でしっかりと追えるため、良一も分身も真正面《ましょうめん》から二人の突撃を受け止めた。

小柄な体からは想像もできないほどの衝撃の威力をなんとか受け流し、良一は腕に力を込めて押し返す。

少し距離をとったミミとメメは、良一と分身体を挟むように回り込んで再び突撃。その度に良一が押し返すという繰り返しだ。

二人の動きはメラサル島でのココとの修業を思い起こさせる。

「ココと同じ剣術だけど、実戦経験不足だな」

良一は正式な剣術を習得したわけではないが、キャリーに鍛え上げられたおかげで、中学生程度の女の子の剣をきちんと捌けるだけの技術は身についていた。

「良一君も腕を上げたわね。修業中と違って、こうして離れて見ると実感するわ」

試合を見守るキャリーが満足げに頷く。

「「さすが、ココ姉様がお認めになった男性です。でも私達も武家の出の意地があります」」

良一も決して気を抜いていたわけではなかったが、再度の突撃の際、良一に攻撃を仕掛けたかに見えたミミの木刀が、見事なフェイントで分身体にクリーンヒットする。

分身体の体勢が崩れたところを、メメが連撃を加えて分身体を消滅させた。

「再度、分身させる隙《すき》は与えませんよ」

先ほどまで上手く捌いていた剣の攻撃も、二人分になると追い切れなくなり、体の至るところを打ちつけられた。

双子の見事な連携《れんけい》に防戦一方の戦局を変えるために、良一はついにリリィを頼る。

風の塊《かたまり》を二人にぶつけて一定の距離まで突き放した。

「とうとう精霊魔法を使いましたね」

嬉しそうに笑うミミとメメだったが、リリィの風の精霊魔法で強風の中に閉じ込められ、身動きが取れなくなり、そのまま降参《こうさん》。試合終了となった。

三人はマアロに頼んで擦《す》り傷や打ち身になった場所を治療してもらう。

治療を終えたミミとメメが良一の側にやって来て、改めて一礼した。

「良一義兄様、ありがとうございました」

「いや～、二人も強かったよ。さすがココの妹だね」

「私達も実家の道場で中堅《ちゅうけん》以上の実力を自負《じふ》していましたけど、まともに打ち合えるのはすごいです。精霊魔法もお見事でした」

稽古という形ではなかったが、ミミとメメもすっかり満足したようである。

◆◆◆

王都まで行く馬車は利用客も多く、大小様々な選択肢がある。中でも、小型竜に引かせる竜車は、輸送力や速さに優れていて人気《にんき》が高い。

王都街道は計算されて宿場町が設《もう》けられているため、竜車に乗れば野宿をすることなく行けるらしい。

竜車の旅は馬車よりも速く、道が整備されているおかげで振動も少なくて快適だ。

旅は順調に進み、一週間で王都まで約半分の道程を消化した。

心地よい日射《ひざ》しにウトウトしていると、突然、モアの通信デバイスの音が鳴った。

「ん？　珍しいな。誰からだい、モア？」

「わ～、キリカちゃんだ！」

メラサル島の統治者であるホーレンス公爵の末娘《すえむすめ》からの通信である。通信可能な五キロ圏内《けんない》に入ったので、早速連絡がきたようだ。

「モア、久しぶりね」

「久しぶり、キリカちゃん！」

「相変わらず元気そうで何よりよ。今どこにいるの？」

「良一兄ちゃん、今どこ？」

モアに問われて、良一は万能地図を確認する。

「ちょっと待ってくれ、今はリード双大橋の海側の宿場町に向かう途中だな」

「……だって、キリカちゃん」

「そうなの。良一も、久しぶりね」

「久しぶりだな、キリカちゃん」

「私も今皆さんが向かっているサウスリードの町に滞在しているの。着いたら会いましょう。竜車の乗り場まで迎えに行くわ！」

通信が切れてしばらくすると、竜車はサウスリードの町に到着した。

町の門をくぐったところが広場になっていて、乗合馬車の乗降客で賑わっている。

竜車から降りると、モアは早速デバイスの通信をオンにして呼びかける。

「キリカちゃん、着いたよ」

「ええ、ちゃんとモアの姿が見えるわ」

「ええ～、キリカちゃんはどこにいるの？」

モアは周りをキョロキョロと見渡すが、キリカの姿を見つけられないらしい。良一はモアの肩をチョンチョンとつついて、肩車をしてあげた。

モアを乗せたまま体の向きを変えてぐるりと見渡すと、メイドや騎士風の格好をした一団が見つかった。

「ああ〜、良一兄ちゃん、あそこにキリカちゃんがいる！」

モアを肩から下ろして、全員でキリカのもとへと向かう。

公爵の使用人もこちらに気づき、道を作ってくれた。

「キリカちゃん、久しぶり！」

「ええ、モアも息災《そくさい》そうで何よりね」

そうして、公都以来の再会に、二人はピョンピョン跳ねながら喜びを分かち合う。そこに従者の一団の中から見知った顔が現れた。

「石川様、お久しぶりですね。おや、キャリーも一緒とは……たしか、数年ぶりかな」

「ご無沙汰しています、マセキスさん。ところで……様付けはやめてください。マセキスさんに敬語を使われると落ち着きません」

「あら、これはまた懐かしいお方」

メラサル島のギレール男爵に仕える元Aランク冒険者のマセキス。さすがに元Aランク冒険者だけあって、現Aランク冒険者のキャリーとは顔見知りらしい。

「それにしても、メラサル島の人達とここで会うとは思いませんでした」

良一は驚きを込めてマセキス達一行を見回した。

「私達も王国会議に合わせて王都に来たのです。王国会議には公爵様や男爵様も参加されます」

「公爵様や男爵様もこの町に？」

「いえ、お二人ともメラサル島の第一陣として、すでに王都に到着されているはずです。我々は後から公爵様方を追いかける第二陣です」

「マセキスさん達は、どうしてこの町にいるんです？　王都までまだ結構距離がありますよね」

「理由は、見ていただいた方が早いですね」

マセキスの先導に従い、キリカの護衛も引き連れた大所帯《おおじょたい》で、マセキス達がこの町にいる原因を見に行くことになった。

「モア、あれがカレスライア王国の名所で、ライナ大河を跨《また》いでこのサウスリードの町とノースリードの町を繋ぐリード大双橋よ」

「お～、おっ？」

キリカの説明を聞いてモアが感嘆《かんたん》の声を上げるが、最後には疑問形になってしまった。

「良一兄ちゃん、あれが橋？　モアが知っているのと違う」

「確かにあれは橋だな。今は使えないみたいだけど」

良一達の目の前には大きな跳ね上げ式の橋がある。

両岸に橋をかける機構があるようだが、片側が上がったままで、これでは通れない。

「ノースリード側は橋が降りているけど、こっちのサウスリード側の橋が上がったままだな」

「ええ、それが原因です」

マセキスが言うには、この跳ね上げ式のリード双大橋は、王国が建国されるよりも前からあるらしい。今は王国が管理しているようだが、老朽化《ろうきゅうか》の影響でしばしば動作が停止して長期間渡れなくなってしまうこともあるそうだ。

現在も橋守《はしもり》達や技術者達が必死に修理をしている最中だが、復旧の見通しは立っていない。

マセキス達メラサル島の第二陣は、主に王国会議に参加する人の連れで、直接会議に出席するわけではないため、わざわざ橋を迂回《うかい》して旅路《たびじ》を急ぐことなく、こうしてサウスリードの町で橋が直るのを待っていたらしい。

「良一、あなたになら直せるんじゃない?」

キリカが期待の籠《こ》もった眼差しを向ける。

「いやいや、ここまで大規模な機構を扱った経験はないよ。みっちゃんは修理できるかな?」

「故障《こしょう》原因を見てみないことには、判断不能です。橋を稼働《かどう》させる魔素吸引型大容量インバータなど、三角魔導機社が関わる部分ならば修理が可能です」

「大きなものは全部、三角魔導機社が設計施工《せこう》しているんじゃないのか？」

「このような大型魔導機構を用いた建造物は、複数の専門業社が合同で受注するので、専門性が高い分、パワーアップした私でも修理が不可能な部分があります」

そうやって、良一とみっちゃんが話し合っている隣で、キリカは専属メイドのアリーナに何やら耳打ちして使いに走らせた。

「じゃあ、手配させるから、良一はちょっと待っていてちょうだい」

「手配をするって、今からあの橋を俺達が見に行くのか？」

「そうよ？」

キリカはガチだったらしく、何を当然のことを聞いているのかと首を傾げた。

キリカに頼まれると何故か断りにくく感じるのは……公爵の娘として生まれたゆえの天性の才によるものなのかもしれない。

数分後、アリーナが橋の機構が設置してある建物への立ち入り許可を携《たずさ》えて戻ってきた。

「良一兄さん、みっちゃん、頑張ってください」

「良一兄ちゃん、頑張って」

メア達に手を振られ、良一とみっちゃんは二人で橋の機構が設置してある建物へと向かう。

橋台付近に造られた建物の出入り口に、白衣を着たボサボサ頭の男性と、白髪を短く刈り込んだ作業服の老人が立っていた。

「そちらの方が、ホーレンス公爵の推薦する石川名誉騎士爵ですか」

白衣の男性が声をかけてきた。

「はい。初めまして、石川良一です」

「ミチカです」

ミチカとは、みっちゃんの対外的な名前である。初対面の人に〝みっちゃんと呼んでください〟とは言えないので、呼びやすさを考えて良一が提案した。

「私は王都より派遣された、王国魔導学院の魔導機構学部准教授《じゅんきょうじゅ》のササキナです」

「サウスリードの橋守をしておる、ドシハロだ」

ササキナに続いて、作業服のドシハロが挨拶を返す。

「今回の橋が動かなくなった原因は魔導機にあるらしいことは分かったんだが、橋守の俺達は魔導機の故障は手に負えない。王都の学者先生も橋の魔導機は複雑すぎて、修理するのに時間がかかるそうだ。どうにもお手上げでな、魔導機に詳しい奴を寄越《よこ》してくれて、正直助かる」

「では魔導機の所にまで案内します」

ササキナはドシハロのぶっきらぼうな言い方に苦笑しながら、良一達を先導して橋の内部へと入っていった。

「石川様は魔導機ギルドに在籍《ざいせき》されているのですか？」

「いえ、自分が所属しているのは木工と石工と冒険者の三つのギルドです」

「加護が付与される職人系統のギルドを二つ。しかし、魔導機とはあまり関係なさそうな……」

「ミチカが三角魔導機社の魔導機については詳しいので、彼女に任せます」

そうして建物の中を進んでいくと、コントロールルームと書かれた部屋があった。

「この中には大量の魔導機があるから、注意してくれ」

ドシハロが扉の横にあるテンキーを良一達に見せないよう体で隠しながら打ち込むと、ガタガタと音を立てて扉が横にスライドした。

「これはまた立派なコントロールルームだな」

部屋の中には大画面のスクリーンが設置されており、画面には〝警告〟と赤い文字で出ていた。

「みっちゃん、調べられるか？」

「制御魔導機は三角魔導機社の物ではありませんが、基本操作方法は同じなので大丈夫です」

みっちゃんがそう言ってコントロールルーム中央の椅子に座り、パソコンのキーボードのようなものにコマンドを入力しはじめた。

「参ったな。ワシ達橋守が連綿と受け継いできた情報がなくとも、魔導機を操れるのか？」

ドシハロが驚いたようにみっちゃんを見つめる。

「良一さん、分かりました。橋の故障の原因は、橋を持ち上げる魔素インバーターの不具合です。それから、制御システムにウィルスが入り込んでいます」

「ウィルス？　魔導通信も機能していない今、そんなのが入り込むとは思えないけど。それに、こんなインフラ系統の魔導機だと、スタンドアローンなんじゃないのか？」

良一はあやふやな知識で疑問を口にする。

「その通りです。おそらく、修理の過程で粗悪《そあく》な代替部品などを利用した際に入り込んだのでしょう。しかしこのウィルスはとてもお粗末《そまつ》なので、すぐにデリートできます。危険性も低く、魔導機の破壊というよりも不調や誤作動を引き起こす程度ですね」

みっちゃんが鮮やかな手つきでキーボードを叩き、高速でコマンドを打ち込んでいくと、スクリーンに表示されている警告の数がみるみる減《へ》っていった。

「ここでできることは終了しました。魔素インバーターを見に行きましょう」

みっちゃんはそう言って椅子から立ち上がり、皆を先へと促した。

「もう直ったのか？　こりゃたまげた」

「何をしていたのか、さっぱり理解できない……」

ドシハロとササキナは歩きながら顔を見合わせる。

機械室へと続く扉の前に移動し、ドシハロがロックを解除した。

すでに大まかな原因を特定していたらしいみっちゃんは、すぐに問題の箇所《かしょ》を調査しはじめる。

「コントロールルームで表示されていたのは、魔素の過剰吸収を防ぐ魔素吸収口開閉器の故障です。インバーター本体は故障していません。三角魔導機社の魔素インバーターではありませんが、開閉器ならば私が所持している三角魔導機社製の開閉器でも代替が可能です」

「じゃあ、複製するから、貸してくれ」

みっちゃんから使用する容量の開閉器を手渡され、それを複製するが……

「この開閉器、一個白金貨五枚もするぞ」

「それでも経済品で、高性能品よりも値段は抑えられています」

「そ、そうか……。しかし、制御盤とか、懐かしいな。この機械自体、凄く古いんじゃないか？」

みっちゃんは複製した開閉器を受け取ると、制御盤を開けて修理を始める。

「そうですね、ハチグウ島の研究所と同じく、状態保存の魔法が効いていますが、綻びが大量に出てきております。状態保存の魔法は私には取り扱えないので、可能な方にかけなおしていただいた方が良いと思います」

「そうか」

「これで修理は完了です。一度手動で橋を下げますので、周囲に案内を行います」

みっちゃんが操作すると、スクリーンに橋の入り口側の映像が映し出された。

外部ではスピーカーで増幅されたみっちゃんの声が響き、多くの人が慌てて橋から離れる。

そして十分な安全を確保してから、大きな機械音を響かせてサウスリード側の橋が下りはじめた。

王国の腕利《うでき》きの技術者達でもお手上げだった橋の故障が、みっちゃんの手により一時間も経たずに修理されたのだった。

橋の修理を終えた良一とみっちゃんは、通信を頼りに宿屋へとたどり着いた。

宿は貴族向けなのか、外観も立派で、内装も凝っている。

公爵の従者が、良一達をキリカと同じ宿屋に宿泊できるように手配してくれたらしい。

「お帰りなさい、良一兄ちゃん」

「お帰りなさい、良一。無事に橋が修理されて、人の往来が凄いことになっているそうね」

エントランス横のラウンジに居たキリカとモアが、戻ってきた良一を出迎える。

「橋が動き出したら、早速商人や旅人の馬車が集まってきてな。帰りは人混みの中を歩いたから時間がかかったよ」

「それにしても、モアが精霊の祝福と神の加護を受けていて驚いたわ。少し見ない間に信じられないわ」

「でも、確かキリカちゃんも精霊の祝福を受けているんだろ？」

「ええ、でも精霊契約はまだなの。精霊契約は私が十歳になったら王都の近くで行う予定よ」

「キリカちゃんの誕生日《たんじょうび》、いつ？」

「五ヵ月後よ。モアも祝福してくれると嬉しいわ」

「するよ！　良一兄ちゃん、するよね！」

「そうだな、お友達の誕生日だもんな」

「うん！」

「そうだ、明日からはモア達も私達と一緒に王都まで行かない？　グレヴァールからの旅は新鮮で楽しかったけど、気が置けない友達と旅をする方がもっと楽しいわ」

その夜はキリカ達の晩餐に招待されたので、良一達は厚意《こうい》に甘えることにした。

翌日から、良一達はキリカに誘われるがままメラサル島の集団に合流する形で王都を目指した。

キリカの要望で、モアとメア、良一に、キリカのメイドのアリーナを加えた五人で同じ竜車に乗り込む。道中は良一が海賊バルボロッサの話やココノツ諸島の話を聞かせ、大いに盛り上がった。

そんな楽しい旅も、終わりが見えてきた。

王都到着の前日。最後の宿泊地で、良一はキャリーとココとマナカを集めて王都での予定を話し合った。

「それじゃあ、キャリーさんはココ達に同行して王都での部屋探し。俺とメアとモアとマアロは三人が世話になった王国騎士団のフェイさんに顔を見せに行くということで」

「まあ、住居探しは即断即決するものではないし、じっくりいきましょう。私の知り合いに、王都で不動産屋をしている人がいるから、任せなさい」

話がまとまったところで、ココが遠慮がちに切り出した。

「良一さん、可能ならば王国会議が終わった後にでも、行きたい神殿があるんです」

「どんな神殿なのかな？」

「剣神カズチ様の神殿です。王都の北部にそびえ立つ霊峰《れいほう》ホウライ山の麓《ふもと》にあって、そこには王国中の剣士が集まります」

「剣神か、確かに剣士なら一度は行ってみたいだろうな」

「はい」

王国会議が終わる頃にはマナカやミミとメメの生活は落ち着くだろうし、足を運ぶのも悪くない。

そんなことを考えながら、良一は部屋に戻り、翌日の王都入りに備えた。

◆◆◆

開けた草原の先にそびえる霊峰ホウライ山の手前に、白く輝く石造りの町が見える。

左右正対称に八本の大きな塔《とう》が建ち並び、都市の中央に大きな西洋風の城が見える。

「大きいな、あれがカレスライア王国の王都ライアか」

「きれいだね〜」

一行を乗せた竜車が草原を走り、遠くに見えていた王都の壁が段々と近づいてくる。

そしてついに王都の門にたどり着いた。

先行していた使者が門兵に話をつけると、一行は竜車から降りずに王都へと入ることができた。

そのまま竜車は王都の中を進んで、中心部の大きな屋敷の門をくぐってから止まった。

「ここは公爵様の屋敷かな？」

「ええ。お父様の王都でのお屋敷ですわ」

竜車から降りると、公爵の執事《しつじ》が出迎えてくれた。

「遠路はるばる、お疲れ様でした」

「お父様は屋敷においでなの？」

「はい、本日は皆様が到着されると先触《さきぶ》れが来ておりましたので、公爵様をはじめ、男爵様や士爵様がおいでになっております」

「そう。良一達も是非上がっていって」

良一も竜車に同行させてもらった礼を伝えに、屋敷へと入らせてもらった。

応接室ではホーレンス公爵が父親の顔で娘を出迎えた。

「キリカ、無事に着いたようだね」

「お父様、ただ今到着いたしました」

「石川名誉騎士爵、君も途中から同行してくれたそうだね。いや、それよりも、君の活躍は聞いているよ。海賊バルボロッサの討伐に主力的に働いたとな」

「お褒めいただきありがとうございます、公爵様」

公爵は満足げに微笑んで頷く。

「グスタール将軍も褒めていた。今回の王国会議での陞爵者推薦会で君の名前を挙げると言っていた。無論、私達も同じ島の貴族として賛成する。君の陞爵は間違いないだろう」

「それにしても、会議が始まる一ヵ月前には皆さんもう王都入りしているんですね」

良一は素直な疑問を口にした。

「国政に関わる一大行事だからな。事前に折衝《せっしょう》や根回《ねまわ》しが必要なのだよ。それに、貴族同士や商人達との交流の機会でもある」

公爵らへの挨拶を終えて屋敷を出ると、モアやキャリーが待っていてくれた。

「公爵様が宿を取っていてくれたから、行こうか」

「あらそうなの？　公爵様も太《ふと》っ腹《ばら》ね」

キャリーが笑い、全員でとってもらった宿へと向かった。


王都にたどり着いて早二週間、ホーレンス公爵やギレール男爵は連日王城に出向いて会議の事前折衝を行なっているが、なんちゃって貴族の良一にその必要はない。

実のところ、会議まで手持ち無沙汰である。

日本のように時間に正確な交通手段はなく、盗賊やモンスター等の心配もあるので、王都からあまり離れることはできないが、何度か王都近郊の森でキャリーやココと一緒にレッサーウルフを狩ったり、メアやモアやキリカと王都を観光したりした。

中でも王都の一等地に居《きょ》を構える魔導機ギルドでは、サウスリードで出会ったササキナの紹介もあり、ギルド長から手厚く歓待《かんたい》を受けた。その場で良一とみっちゃんは魔導機ギルドの上級ギルド員へと登録された。

魔導機ギルドの上級ギルド員になると、ギルドに魔導機を売る際に買い取り金額を上乗せしてもらえるらしい。試しにハチグウ島の研究所で手に入れた簡単な魔導機を売ると……複製する際に銀貨三枚（三千円）かかる魔導機に、金貨五枚（五万円）の値がついた。

原価の十倍以上で売れる上に、その気になればいくらでも複製できる。ボロい商売だと思いながらも、合計で大白金貨二枚（二百万）分の買い取りをしてもらって、良一達の懐は暖《あたた》かくなった。

先日、王国騎士団の警備隊に勤《つと》めるフェイからの連絡があり、今日は王都を案内してもらうことになっている。

「良一兄ちゃん、メア姉ちゃん、マアロちゃん、今日はフェイお姉ちゃんと会う日だよね」

フェイとの再会が待ちきれないのか、モアがぴょんぴょん跳ねて、スカートが翻《ひるがえ》る。

「モア、あんまり飛び跳ねるとスカートがぐしゃぐしゃになっちゃう」

王都の宿に泊まる上品な人々の目を気にして、メアがすかさず窘めた。

「レディはお淑《しと》やかに」

マアロもこれに続くが、どことなく言い回しがキャリーの影響を受けている。

四人が宿屋のロビーで待っていると、王国騎士団のフェイがやってきた。

「おはようございます。お待たせいたしました」

「フェイ姉ちゃん、おはよう」

「フェイ姉さん、おはようございます」

一行は、フェイと無事に合流して王都観光へと繰り出した。

フェイとの観光への参加メンバーは、メアとモアとマアロとみっちゃんであった。

フェイはメア達との再会を心から喜んでいて、随分と張り切っている様子だ。

「本当に会いに来てくれるなんて、嬉しいです」

「私もフェイ姉さんに会うのを楽しみにしていました」

「じゃあ、ついでに来てください。私のオススメのお店にご案内しますから」

「食べ物がいい」

フェイに案内されながら、喫茶店や菓子屋、雑貨店など、女の子が好みそうな店を中心に回っていく。

男の良一には少し退屈そうな店が続いたと気づき、フェイは一行を王国騎士団の駐屯《ちゅうとん》地へと連れて行った。

「中に入れるのか？」

「はい、騎士団のメンバーが同行すれば、中庭までは入ることができます」

そうして騎士団の駐屯地の中庭には、ドラゴンの形をした大きなゴーレムが鎮座していた。

「フェイ姉ちゃん、ドラゴンがいる！」

ゴーレムを見て驚いたモアが、良一の足に抱きついてきた。

「大丈夫です。あのゴーレムは今から百年ほど前に王都を襲った魔導ゴーレムの亡骸《なきがら》です。王都に甚大な被害を与えたのですが、騎士団が総力をあげて倒したと記録されています。グスタール将軍はその時に功績を挙げた騎士様の子孫なのです」

「良一兄ちゃん、大丈夫？」

「ああ。もう壊れているみたいだから、大丈夫だよ」

「せっかくだから触ってみますか？　このドラゴンのゴーレムを見せたかったんです」

そうして中庭のど真ん中に置かれているドラゴンゴーレムを触りに近づいた。

表面は意外と綺麗で、百年前に騎士団との戦闘を経ているとは思えないくらいだ。

「近くで見ると、全然傷がないですね」

「驚くことに、百年ほど前には傷だらけで、前足も後ろ足もなかったそうです」

「じゃあ、自然に修復《しゅうふく》されたんですか？」

「はい。このゴーレムには自己修復機能が備わっているのです。万が一動き出した時のことを考えて、王都に被害が出ないように、こうしてゴーレムを囲む形で騎士団の駐屯地を築《きず》いたのです」

モアは最初は怖がっていたが、メアやマアロが手を触るのを見て、おっかなびっくり指先で突《つつ》きはじめる。

良一もドラゴンゴーレムを触っていると、恐る恐るといった様子でモアが声をかけてきた。

「良一兄ちゃん……」

「どうしたモア？」

「ドラゴンがモアを見てる」

「そんな馬鹿な……」

良一がモアの方を見ると、ちょうど彼女の顔と同じくらいの位置にあるドラゴンゴーレムの目がギロリと開かれ、こちらを見ていた。

モアと良一の会話を聞いて異変に気づき、フェイやマアロも思わず後ずさる。

モアとメアは良一の腰にしがみつき、恐怖に顔を引きつらせた。

その間にもドラゴンゴーレムは数度まばたきを行なったり、四本の足を踏ん張ったりと、明らかに動きはじめている。

「フェイさん、マアロ、メアとモアを頼む！　どこか安全な場所に！」

良一が四人を庇《かば》うように前に出ると、ついにドラゴンが立ち上がった。

駐屯地に詰めている騎士達も、中庭のドラゴンゴーレムが動き出したのを見て色めき立ち、あっという間に周囲に怒号《どごう》が飛び交いはじめる。

「中庭のゴーレムが動いているぞ」

「至急《しきゅう》、王城へ報告に行け」

「ドラゴン討伐用の装備を身につけて中庭に急げ」

揃いの騎士鎧を身に纏った騎士達が集まりはじめ、手に長剣や槍、盾を持ち、隊列を組んでドラゴンゴーレムに相対する。

しばし様子を窺うように動きを止めていたドラゴンゴーレムだが、騎士達が包囲を終えると同時に首を巡らせた。

「来るぞ、総員気をつけろ！」

隊長格の騎士の号令で、騎士達が盾を構えて防御姿勢を取る。

良一も騎士達に交ざって、ドラゴンゴーレムの一挙手一投足《いっきょしゅいっとうそく》を見逃さないように集中を高めた。

直後、ドラゴンゴーレムが口を開く。

ビリビリとした空気の震動を感じ、良一は悪寒《おかん》を感じ、咄嗟《とっさ》にリリィに風の盾を展開させた。範囲など関係なく発動スピード重視だ。

盾が発動すると同時に、ドラゴンゴーレムを中心とした衝撃波が全員を襲った。

「ぐぅう」

「うわぁあ」

良一が張った風の盾の範囲内にいた十人ほどの騎士は直撃を免れたが、全体の約半数の騎士達が衝撃で意識を失っていた。

被害は騎士達だけでなく駐屯地の施設にも及び、中庭を囲む壁にはところどころ亀裂《きれつ》ができている。

「無傷の者は戦線を維持。軽傷で動ける者は、急いで意識を失っている騎士達を運び出せ」

騎士隊長は無事だったらしく、動ける騎士を束《たば》ねてドラゴンゴーレムを囲い込もうとしている。

「助かった。冒険者か、ありがとう」

風の盾で守られた騎士達も、礼を言ってから隊長の指示に従ってその場を離れていった。

「そこの冒険者、ランクはいくつだ」

良一に気づいた騎士隊長が声をかけてきた。

「Cランクです」

「なら、身を守る術は持っているな。怪我をしたくなければ下がれ。栄誉を掴みたいなら、力を貸してくれ！」

「ご助力させていただきます」

良一も正式にドラゴンゴーレム討伐に参戦する許可を得た。

「よし、よろしく頼む。総員、魔法攻撃だ！　属性は問わない、最大威力で放て！」

騎士隊長の号令で、騎士達が一斉にドラゴンゴーレムに魔法を放つ。火や水や風や土など様々な属性の魔法がドラゴンゴーレムに襲いかかる。

ドラゴンゴーレムは避けるでもなく、じっとその場に立ち尽くし、全ての魔法を身に受けた。

「やったか？」

騎士の一人がポツリと呟いたが、土煙《つちけむり》が晴れると、傷一つないドラゴンゴーレムの姿が現れた。魔法攻撃が効かないと見るや、騎士隊長は剣や槍での直接攻撃へと作戦を変更した。

「近接戦闘用意！　脚部《きゃくぶ》を狙って動きを封《ふう》じろ！　総員突撃‼」

隊長の号令が響き、騎士達がドラゴンゴーレムに突撃をかけて武器を振り下ろした。

全員が訓練を重ねた実力のある騎士達で、良一の振るう剣とは比較にならないほどの精《せい》錬《れん》された太刀筋《たちすじ》でドラゴンゴーレムの体に攻撃を浴びせていく。

それでも、目立った傷はつけられない。

反対に、ドラゴンゴーレムは煩わしそうに長い尾を振り回して、周囲の騎士達を薙ぎ払った。

「手応《てごた》えがまるでないな」

「伝説のドラゴンゴーレムは、これほどのものなのか」

　騎士達が絶望したように話している。

ドラゴンゴーレム
レベル：50
生命力：1000／1000
魔保力：999999999999／999999999999
攻撃力：1500　守備力：100000000000
速走力：1000　魔操力：1000000
魔法属性：火、水、風、土

「滅茶苦茶なステータスだな……」

　ドラゴンゴーレムのステータスを確認した良一は、たまらず頭を抱える。

「鑑定のアビリティ持ちか。ステータスはどうだ？　動きが止まっていた時は鑑定が効かなかったんだが……」

騎士隊長に尋ねられて良一が答えると、その場にいた全員が絶句《ぜっく》した。

「伝令、騎士団本部の神器隊を呼んできてくれ！　彼らでなければ生命力を削ることはできない」

「隊長、ドラゴンゴーレムが羽ばたこうとしています」

「いかん！　王都の町に出したら民に被害が出る。なんとしてでもこの場に留まらせろ！」

騎士隊長の命令で騎士達が再びドラゴンゴーレムに襲いかかるが、健闘《けんとう》虚しくドラゴンゴーレムの羽ばたきを止められず、ついに体が空中に浮かびはじめた。

「魔法を羽に集中させろ！」

しかし、ドラゴンゴーレムの体は徐々に高度を上げていく。

その時、何者かが駐屯地の塔から跳躍《ちょうやく》し、ドラゴンゴーレムの上に飛び乗った。

「あら、やっぱり硬《かた》いわね」

「拳が唸《うな》るぜ！」

「落ちなさい」

頭上から数人の声が聞こえると同時に、ドラゴンゴーレムが地面に轟音《ごうおん》を響かせながら落下した。次いで、落ちたドラゴンゴーレムの周りに六人の人影が降り立つ。

「……って、キャリーさん!?」

その中の一人に、キャリーがいた。

「あら良一君じゃない、あなたも騒ぎを聞きつけてやってきたの？」

「いや、騎士団のフェイさんの案内でここに来ていたんですよ」

「そうなの、良一君は色々と面倒ごとに関わりやすいみたいね」

キャリーは普段と変わらない調子で良一に話しかけてくる。

彼と一緒に現れたのは、虎《とら》の獣人やエルフなど、種族も装備もバラバラな、奇妙な集団だった。

「キャリー、そららの方はどなた？」

「今私が同行させてもらっている、石川良一君よ」

「へー、この子が」

キャリーに話しかけたエルフの女性が、良一を上から下まで見てから、ニコッと微笑んだ。

「初めまして。キャリーから色々と聞いているわ。私はAランク冒険者のミレイア。よろしくね」

マアロと違い、同じエルフでも大人の女性といった感じのミレイアが微笑むと、その整った顔立ちの美しさに、戦場であることも忘れて思わず見惚《みと》れてしまった。

「挨拶するのは目の前のゴーレムをどうにかしてからだ」

目と口にあたる部分だけがくり抜かれた白い仮面をつけて、全身はタイツのような黒い素材で覆われているヘンテコな人物が、見た目に反するドッシリと腹に響く低い声でミレイア達を窘めた。

「あかんわ～、このドラゴンゴーレム、守備力高すぎや。神器でも使わな、ダメージを与えられへんわ」

漫画でしか見たことのない瓶底《びんぞこ》メガネをかけて、見事なまでに禿《は》げ上がった頭を光らせる、まるでコントから出てきたかのような男性が、全員にドラゴンゴーレムの情報を伝えた。

久しぶりに聞いた関西弁も相まって、良一は思わず彼を二度見してしまう。

突然現れた六人の顔を確認すると、周りの騎士達は六人の邪魔にならないようにドラゴンゴーレムから距離を取り、彼らを援護《えんご》すべく隊列を整えた。

「キャリーさん、彼らは誰なんですか？」

「みんな、私と同じAランク冒険者よ。この王都を活動拠点としているの。全員有名人ね」

「Aランク冒険者……」

ミレイアも自分はAランク冒険者だと言っていたが、現れた全員がそうだとは思わなかった。

「畏《かしこ》み畏み申す。我が敬《うやま》う大地の大父神クラウマン、我が望む貴《とうと》き力を貸し与えたまえ」

大柄な虎獣人の男性が、良く通る声で祝詞《のりと》のようなものを唱えはじめる。すると、彼の目の前に小さな光が現れ、段々と大きくなっていった。

祝詞を上げ終えた虎獣人は、光の中に両手を突っ込む。彼が光から手を抜き放つと、両手に光り輝く見事な装飾が施された手甲《しゅこう》が装着されていた。

手甲から何かの力を感じる。

良一はその正体《しょうたい》について感覚で理解した。

虎の獣人に続いて、キャリーをはじめ、他の者達も次々と祝詞を上げていく。

キャリーが光の中から取り出したのは、大きな針《はり》のような剣。

「良一君、これが神器よ。裁縫の神モモスに祝詞をあげて賜った神器、神針剣《しんしんけん》レイピール」

その光り輝く剣を握りしめ、キャリーはドラゴンゴーレムに向けて走り出す。

「くらいなさい、紅薔薇一刺《べにばらいっし》」

キャリーが繰り出した渾身《こんしん》の突きが、ドラゴンゴーレムの硬い体を穿《うが》った。

「ええ調子やで、キャリーはん！　ダメージが通っとるわ」

他のAランク冒険者も次々に神器を振るい、ドラゴンゴーレムを傷つけていく。

今までは余裕を持った態度で攻撃をいなしていたドラゴンゴーレムも、いよいよ本腰を入れて反撃を開始。体を震わせ、尾を振り回し、爪を突き立てようとする。

しかし、冒険者達は華麗《かれい》に避けて攻撃を浴びせ続けている。

「凄い」

良一も今までドラゴン討伐や海賊バルボロッサ討伐に参加して、それなりに力をつけたと自負していたが、間近で見るAランク冒険者の力は段違いであった。

ドラゴンゴーレムの右前脚がミレイアの剣の神器で斬り飛ばされ、右後脚も虎の獣人の拳によって大きく抉《えぐ》られた。

「不味《まず》いで……！　ダメージは入ってきとるけど、神器の顕現時間がもう限界や」

鑑定で確認すると、ドラゴンゴーレムの生命力は残り二割。

しかし、冒険者達が持つ神器が放つ光も、明滅しはじめている。

結局、生命力を削りきる前に冒険者達の神器は輪郭《りんかく》がぼやけて消え去ってしまった。

しかし、どの冒険者も悲嘆《ひたん》した様子はない。

キャリーも疲れた顔で汗を拭《ぬぐ》いながら後退してきた。

「後は神器隊にお任せね」

ちょうどその時、キャリーが視線を送る先から、騎士隊長よりも立派な鎧兜《よろいかぶと》を身につけた、三人の騎士がやって来た。

「任せてもらおう」

三人の騎士が祝詞を上げ、剣の神器で満身創痍《まんしんそうい》のドラゴンゴーレムに斬りかかる。

騎士達はAランク冒険者にも引けを取らない卓越《たくえつ》した剣技と見事な連携を見せ、ついに残りの生命力を削り切った。

生命力がゼロになったドラゴンゴーレムの巨体はピタリと動きを止め、その場に崩れ落ちた。

「なんとか、被害も出ずに倒せたわね」

ドラゴンゴーレムが動きを止めたのを確認して、キャリーが良一に近づいてきたが、ふらりとバランスを崩して倒れそうになる。

「――と、大丈夫ですか？　無理せず休んでください」

「助かったわ」

良一はキャリーの体を支え、肩を貸して休める場所へと運ぼうとするが……

「ごめん、私も」

何故かミレイアまで良一に近づいてきて、体を預けてきた。

二人分の重さで倒れそうになるのをこらえ、なんとか空《あ》いている左半身を使って支える。

「ミ、ミレイアさんも、お疲れ様です」

結局、良一はドラゴンゴーレム討伐に大した貢献もできずに戦闘は終了した。

ドラゴンゴーレムの圧倒的なステータス、それに対抗しうる神器の絶大《ぜつだい》な力を考えれば、良一の出る幕がなかったのは当然だ。

ドラゴンゴーレムが動き出した瞬間に立ち会っていた良一達は、その後参考人として騎士達から事情を聞かれたが、ホーレンス公爵が手を回してくれたらしく、犯人として嫌疑《けんぎ》を掛けられたというよりも、被害者の一人という立場だった。

当のドラゴンゴーレムは再び騎士団の駐屯地の中庭で動きを停止したまま放置されている。

冒険者達が斬り飛ばした前後の脚は運び出されたが、本体はあまりにも重く、数十人の騎士が力を合わせてもビクともしなかった。

騎士団からの聞き込みを終えた後、救護室にキャリーの様子を見に行くと、避難していたフェイとメア、モア、マアロが見舞いに来ていた。

「良一兄ちゃん、怪我はない？」

「無事で良かったです」

「安心」

「結局、俺は近くで見ていただけだったからな」

心配する三人娘に大丈夫だと声をかけてから、騎士団のフェイにお礼を伝える。

「フェイさん、三人を避難させてくれてありがとうございました」

「いえ、王国民を守るのは騎士の務めなので、当然です。それよりも……自分にあの場に残って戦うほどの力がなかったことが歯痒《はがゆ》いです」

「いえいえ、本来なら三人を守るのは保護者の自分の責任です。フェイさんがいたからこそ、安心して任せられたんですよ」

フェイは非番だったが、同僚達が忙しく働いているのを放ってはおけず、事件の後処理に向かった。

それから良一達はキャリーが目を覚ますまで救護室で待っていた。

マアロが言うには、神器を召喚して使用したことによる疲労が原因らしい。

キャリーのような実力のある人ならば、数時間もすれば意識を取り戻すとのことだった。

二時間ほどすると、キャリーが目を覚ました。

「あら、ベッドに寝かせてくれたのね。助かったわ」

キャリーが目を覚ました直後に辺りを見回して、良一達や他のAランク冒険者がいるのを確認すると、息吐いてから良一達に礼を言ってきた。

「キャリーさん達にはドラゴンゴーレムを倒してもらったので、当然です」

「神器は信頼のおける仲間がいないと使えないのよ。使用直後に倒れちゃうから、使いどころが難しいのが玉に瑕《きず》ね」

そう言いながら、キャリーはゆっくりと体を起こす。

「もう大丈夫なんですか？」

「ええ、戦闘は無理だけど、歩くくらいなら平気よ」

「さすが、Aランク冒険者はタフですね」

良一がキャリーに手を貸して立たせていると……

「あの、私も目を覚ましたのだけど？　こういう場面を見ると、仲間は良いわね」

隣のベッドで寝ていたはずのAランク冒険者のミレイアも目を覚ましていて、話しかけてきた。

「ミレイアさんも、キャリーさんのようにソロの冒険者なんですか？」

「そうね、大陸中のAランク冒険者の半分はソロで、半分はパーティを組んでいるわ。特に、この王都にいるAランク冒険者の大半は、何故かソロで活動しているわね」

「まあ、良一君は見たかもしれないけれど、我《が》が強いというか、キャラが濃すぎるというか……」

キャリーが苦笑いしながら教えてくれる。

確かに、先ほど見たAランク冒険者達は皆、キャリーにも劣らない個性があった。

「それにしても、今回の件が王国会議の直前で良かったわ。こうしてAランク冒険者が揃っていたし、警備のために貴族お抱えの私兵や、騎士団でも実力ある騎士達が王都に集まっていたんだから」

「そうね。町に被害が出なかったのは、不幸中の幸いね」

キャリーとミレイアがしみじみと頷き合った。

いつまでも救護室では落ち着かないので、良一達はキャリーに付き添って宿に戻ろうと救護室を出る。

すると、何故かミレイアまで一緒に良一の後についてきて、同じ宿に泊まったのだった。

◆◆◆

翌日、王都は当然のごとくドラゴンゴーレムの話題で持ちきりになっていた。

しかし、王国騎士団の神器隊やAランク冒険者の活躍で無事だったということで、人々の顔は明るい。

「……あら、王都での居住場所を探しているの？」

ミレイアに問われて、マナカが頬に手を当てて困り顔で打ち明ける。

「はい。けれど、金額や条件の折り合いがつかなくて……。さすがにもう決めないといけないんですけれど」

王都に来て二週間。キャリーに良心的な不動産屋を紹介してもらい、ココ達四人で部屋を探していたが、まだ決定的な物件は見つかっていないらしい。

「それなら、私が所持している物件も見てみる？」

マナカ達の会話を聞いていたミレイアが、意外な提案を持ちかけてきた。

なんでも彼女はAランク冒険者として稼いだ潤沢《じゅんたく》な資産で王都の物件を買い、マンションのようにして貸し出しているらしい。

早速ミレイアに案内されて物件に足を運ぶと、ミミやメメが通う予定の学校のそばで、市場や騎士団の駐屯地も近くて治安が良いなど、今までの中で一番良い条件だった。その分家賃も高くなるが、ミレイアが少しまけてくれて、ギリギリ予算内に収まったようだ。

無事に住居が決まって一週間。マナカ達の新居に家具も揃いはじめて、一応生活ができるだけの環境《かんきょう》は整った。そこで夜は、マナカが引越しを手伝った良一達を新居に招き、手料理を振る舞ってくれた。

「皆さんのおかげで、とても良い場所に引越しをすることができました。感謝します」

「「ありがとうございました」」

「キャリーさんにミレイアさん、ご助力ありがとうございます」

マナカ達が最初にお礼を言ってから簡単なパーティが始まった。

間取《まど》りは2LDKで、良一達と合わせて十一人が入ると手狭《てぜま》だが、三人暮らしには充分である。

マナカが作るココノツ諸島の郷土《きょうど》料理の味付けはどれも良一好みで、父と二人暮らしが長かった彼にお袋の味を思い起こさせた。

「ミミちゃんとメメちゃんの入学試験はいつだっけ？」

「一ヵ月後です。それから、その一週間後に合格発表です」

「そうか。試験まで手伝えることがあったら、なんでも言ってくれ」

「ありがとう良一義兄様」

入学試験には実技試験と筆記試験があるらしく、実技はココが教え、筆記はマアロやみっちゃんが面倒を見ているらしい。どんな問題でも正確に答え、解説できるみっちゃんの能力は、試験勉強に大いに役に立っている。

終始《しゅうし》和やかな雰囲気で楽しい時間が過ぎていったが……突然、良一のデバイスに通信が入った。

「良一、助けて」

キリカの切迫《せっぱく》した声が響き渡る。

「キリカちゃん、どうした？　落ち着いて話して」

「賊が襲撃してきて――」

しかし、それっきりキリカの声は途切《とぎ》れて、こちらからの呼びかけにも応じなくなった。

そうしているうちに、ついに通信が切れてしまった。

「良一兄ちゃん、キリカちゃんは大丈夫なの？」

モアが心配そうに良一を見つめる。

「ちょっと、公爵様の屋敷を見てくる」

良一が慌てて飛び出すと、みっちゃん、キャリー、ミレイア、ココの四人もついてきてくれた。

「公爵様の屋敷を襲うなんて、大胆《だいたん》な賊ね。一体、何を考えているのかしら」

不安を胸に抱えながらも五人は公爵の屋敷へと向かった。

まだ夜はそこまで深くなく、大通りには人が多い。

キャリーが先頭に立ち、裏道などを駆使して最短距離で公爵の屋敷に到達した。

屋敷には灯《あか》りがついているが、物音は一切聞こえない。夕食時のわりには、不自然に静かだった。

五人は互いに目で合図を取り合い、屋敷に入る。

玄関ホールや食堂など、いたるところで兵士やメイドが床に倒れていた。

幸い、全員気を失っているだけで、命に別状はない。

キリカの無事を確かめるために、手当たり次第に二階の部屋を探していると――

「あひゃ、どちらさまでーすかー？」

キリカを脇に抱えた茶色の天然パーマの男と鉢合《はちあ》わせた。

「それはこっちの台詞《せりふ》だ。何者だ⁉」

良一が問いただすと、男はおどけた態度で名乗りを上げる。キリカは気を失っているらしく、反応がない。

「あひゃひゃ、ではお答えしましょう。不殺集団の〝笑い〟を担当している、チャーリーと申します。お見知りおきを」

あひゃひゃと笑う変人の名前を聞いて、キャリーとミレイアが警戒を強めた。

「まさか、一級犯罪者だとは、厄介ね」

「あひゃひゃひゃ、僕の名前をご存じとは、嬉しいじゃ、あーりませんか」

とりあえず、今はキリカを助けなければならない。

「キリカちゃんを放せ！」

「あひゃひゃひゃひゃ、このお嬢ちゃんを放したら、僕はなんのためにこの屋敷に来たのか分からなくなるでしょう？」

チャーリーと名乗った男は下品な笑い声を響かせながら応える。大きく肩をすくめたり首を振ったりと、大袈裟なジェスチャーがいちいち癇《かん》に障《さわ》る。

「良一君、気をつけなさい。不殺集団はカレスライア王国だけじゃなくて、セントリアス樹国やマーランド帝国と、複数の国で指名手配を受けている一級犯罪者集団よ」

キャリーに肩を掴まれ、良一は若干冷静さを取り戻した。

「Aランク冒険者にとって、一級犯罪者は捕縛対象。それが無理なら討ち取ることが暗黙《あんもく》の了解になっているから、覚悟しなさい」

ミレイアが剣を抜き放ち、チャーリーとの距離をゆっくりと詰めていく。

その表情から、確実に仕留めようという気概《きがい》を感じる。

「皆さん、笑おうじゃあーりませんかっ！　そんな怒りの感情をぶつけられると、私はおかしくて、笑っちゃいますよ」

意味の通らないことを話し続けるチャーリーに対して、ミレイアがついに斬りかかった。

脇に抱えられているキリカに当たらないように配慮《はいりょ》しつつ頭を狙った上段攻撃を、チャーリーは刃が波打つクリスナイフ一本で、軽々と受け止める。

「この人質《ひとじち》の少女がどうなってもいいんですか？」

「どうにかする時間を与えると思うの？」

チャーリーは隙あらばキリカを盾にしようとするが、ミレイアの攻撃がそれを許さない。

チャーリーの動きを封じながらも、キリカには一切傷をつけなかった。

「あひゃひゃひゃひゃひゃ」

喋るのをやめて、耳障《みみざわ》りな笑い声を上げ続けるチャーリーとミレイアの剣戟《けんげき》の応酬も、ついに終わりが見えた。

「やっと隙ができたわね」

それまで静観《せいかん》していたキャリーは、チャーリーのわずかな隙を見逃さず、キリカ救出に打って出た。

「あひゃ?」

瞬時に接近したキャリーがチャーリーの肩を掴み、ぐるりと一回転させて投げ飛ばす。

その間、キリカはミレイアの腕に抱かれており、救出は完遂《かんすい》された。

キャリーは床に叩きつけたチャーリーを窓から外へ放り投げ、自身も中庭に飛び出していく。

「先に行くわよ!」

「良一、この娘をお願い」

キリカを良一に託《たく》すと、ミレイアも窓から飛んで後を追った。

「みっちゃん、キリカちゃんを診察してくれ」

「かしこまりました」

みっちゃんがキリカを診察している間に、窓際《まどぎわ》で戦いを見守るココが、外の様子を教えてくれる。

「これがAランク冒険者と一級犯罪者の戦い……ついていくのも精一杯《せいいっぱい》です。けれども、神器を使った影響なのか、動きが少しだけ悪いように感じます」

少しすると、みっちゃんが診察を完了したと告げてきた。

「外傷《がいしょう》はありませんが、魔法による意識混濁《こんだく》状態です。しかし、時間の経過で覚醒するので、薬で意識の覚醒を促す必要はありません」

「そうか、無事なら良かった」

キリカをソファに寝かせて、良一も窓から外を窺う。

「戦闘はどうなった？」

「見ている印象では、キャリーさん達が押しています」

キリカを人質に取っていた時とは違い、外の戦闘は激しさを増していた。決定打に欠ける戦闘だが、良一にもキャリーとミレイアが押しているように見える。

「これじゃあ、外に出ても邪魔にしかならないな」

「はい。私もBランク冒険者ですけど、Aランクとの間にはこれほどの差があるんですね」

このままチャーリーを捕縛するのも時間の問題かと思われていたが……突如、怒声《どせい》が響き渡った。

「いつまで遊んでいるんだ、チャーリー！」

「そんなに怒っちゃ、チャーリーが可哀想《かわいそう》ですよ～」

怒りをぶちまける男性の声と、それを宥《なだ》めようとする女性の泣きそうな声が聞こえる。

「あひゃひゃ、もう来たんですか、マイクにサラ」

「お前が集合場所に来ないから、わざわざ来てやったんだろうが！」

「だから怒っちゃダメだって～」

声の聞こえる方を探すと、公爵邸の門のところにいくつかの人影があった。

暗くてよく見えないが、話しているのは手前の二人の男女。奥にキャリーよりも頭一つ大きい人がいて、両脇に二人の子供を抱きかかえているようだ。

「あなた達は不殺集団の〝怒り〟のマイクに、〝悲しみ〟のサラね」

キャリーの誰何《すいか》する声に、怒声を上げていたマイクがさらに語気《ごき》を強める。

「なんだぁ、こんなおっさんに押されていたのか？　不殺集団の名前を堕《お》としてんじゃねーよ‼」

「後ろの奴が抱えている子は、フミレラ島のモトラ侯爵とキセロス島のケスロール伯爵の娘かしら。有力な貴族の娘を攫《さら》ってどうするつもり？」

マイクは不機嫌そうにキャリーを見ただけで、質問には答えなかった。

「ちっ、そういえばチャーリー、お前が担当したガキはどうした？」

「あひゃひゃひー、こちらのお二方に邪魔をされて、失敗してしまいましてね」

「ふざけんなよ！　どう責任を取るんだ、チャーリー」

「あひゃひゃ」

「笑ってんじゃねーよ！」

「貴族のお嬢様は解放してもらうわ」

相手側の人数が増えたこともあり、キリカをみっちゃんに任せて、ココと良一も中庭に下りた。

「どんどん雑魚が増えてきたな、鬱陶《うっとう》しい！」

近づくと、不殺集団の面々の顔がはっきり見えてきた。

フードを目深《まぶか》に被《かぶ》って二人の貴族のお嬢様を抱えていたのは、大柄な女性だった。しかも、その顔は鉄仮面のごとく一切の無表情。

「おら、チャーリー、さっさと依頼を片付けるぞ！」

マイクがキャリーとミレイアに襲いかかり、チャーリーもそれに呼応して攻撃を仕掛ける。

「良一君、ココちゃん、無理をしないでね」

キャリーの忠告を背に受け、良一とココは悲しみのサラとフードを被った女性に対峙《たいじ》する。

「そちらの貴族のお嬢様を解放してもらおうか！」

「それは無理です……」

悲しみのサラは声を震わせながら良一の要求を拒否する。

「だったら、無理にでも連れ帰る！」

良一とココがフードの女性に近づこうと駆け出すと、悲しみのサラがその間に立ち塞がり、ハルバートを振り回して牽制《けんせい》してきた。

「悲しいです。理由も聞かずに襲ってくるなんて」

「犯罪の理由なんて、ろくでもないことしかないだろ」

「まあ、理解はされないでしょう」

悲しみのサラは不健康なほどガリガリに痩《や》せており、骨に皮がついただけのように見えるが、振り回されるハルバートは重く、速かった。

良一もアイテムボックスから戦闘用の片手斧《おの》を出して対抗するが、防戦一方である。

「やっぱり、強い。二人がかりでも突破《とっぱ》できない」

「良一さん、増援《ぞうえん》です」

しばらく悲しみのサラとやりあっていると、ガチャガチャと音を立てて鎧を纏った衛兵達がやってきた。

「キリカ様はご無事か⁉」

衛兵達は犯罪者を逃すまいと、屋敷の門を封鎖《ふうさ》する。

「王都で貴族の令嬢が誘拐《ゆうかい》される事件が発生している。犯人は一級犯罪者集団の不殺集団だ。お前達がその犯罪者だな⁉」

「ちっ、モタモタしているから騎士どもが来ちまったじゃねーか」

マイクが悪態《あくたい》をついた。

「撤収ですね……悲しいです」

「あひゃひゃ、そうだね」

「依頼人数よりも少ないが、仕方ねーな」

逃走すると決めたのか、マイクとチャーリーが頷きあい、悲しみのサラの方へとやってきた。

「逃すと思うのかしら？」

「お前らの顔は覚えた。今度会ったら、その顔を怒りに染め上げてやるよ、おっさん」

追いすがるキャリーを振り返り、マイクが宣言する。

真っ先にその場を離れようとしたのは、フードを被った女性。それを防ぐべく、良一が召喚した多数の分身体が行く手を阻むが、信じられない怪力で弾き飛ばされてしまう。

そこにハルバートを振り回すサラが続き、分身体を蹴散《けち》らして退路《たいろ》を確保する。

「逃がさない！」

ココも良一の分身体と一緒にサラに攻撃を加えるが、全く手応えがない。

分身体がやられた穴は、続々と詰めかける騎士団が埋め、不殺集団を手際よく囲んでいく。

「はあ、もう依頼なんかどうでもいいや。ムウ、そのガキ二人を投げ捨てろ」

ムウと呼ばれた大きな女性は一言も喋らずに、両脇に抱えていた貴族の令嬢を空中へと放り投げる。

良一や騎士達が令嬢に気を取られている隙に、ムウは今まで見せなかった素早い動きでその場から逃げ去った。

二人の令嬢は分身体が安全にキャッチしたおかげで、怪我はない。

「今回は見逃してやる」

「あひゃひゃひゃひゃひゃ」

「私も、悲しいですけど、あなた達の顔を覚えました〜」

他の三人の不殺集団も、この隙に乗じてキャリーとミレイアの追撃をかわしたのか、捨てゼリフを残して王都の夜の闇に消えていった。

「今回の件……これで終わりそうもないわね」

腕に一筋《ひとすじ》の傷をつけられたキャリーが、夜空を見上げながら大きなため息を吐いた。

翌日。良一、ココ、キャリーにミレイアの四人は、公爵の屋敷に呼ばれていた。

「四人とも、よくぞ娘の危機に駆けつけてくれた。君達には感謝の念しかない」

公爵と、誘拐されていた二人の貴族令嬢の家の名代《みょうだい》が、改めて頭を下げる。

「あれから不殺集団は姿を現さないが、今も王都中を騎士達が捜索している。王国会議前の忙しい時につけこむとは、犯罪者どもめ……」

感謝の言葉と謝礼金をもらい、公爵との面会が終わった。

四人が応接室を出ると、キリカがメアやモアと話しながら待っていた。

「良一、それから、ココさんにキャリーさんにミレイアさん。昨晩は助けていただき、ありがとうございました」

賊に誘拐されそうになったショックもあるだろうに、キリカはそれを感じさせない気丈《きじょう》な態度で、四人に深々と頭を下げた。

「いや、キリカちゃんが無事で良かった」

「そうだよ、心配したんだから」

モアもキリカの手を握り、無事を喜ぶ。

「けど、何かあっても、良一ならきっと助けてくれると信じていたわ」

キリカは屈託《くったく》のない笑顔で、そう告げたのだった。

◆◆◆

「皆様、静粛《せいしゅく》に願います」

たくさんの貴族が談笑《だんしょう》する声で満たされていたカレスライア王国王都ライアの王城のホールが、王国会議の進行を執り行う近衛《このえ》騎士団副団長の声で、一瞬にして静まりかえった。

「王からのお言葉である」

会議が開かれる会場は円形だが、参加者の貴族が座っているのはその半分、半円形で階段状になっている部分だ。豪華な装飾の施された椅子は座り心地もよい。

席次は爵位順ではなく、王都近隣《きんりん》の貴族や島の貴族と、地方ごとに分かれており、良一もメラサル島の貴族席に座っている。

会議の進行を進める副団長が〝王〟という言葉を発すると、円形会議場にいる全ての貴族や随行員《ずいこう》が一斉に立ち上がった。

「これより、カレスライア王国の王アーサリス六世の宣言で王国会議を開く。実りのある会議を我は望む」

王は貴族達が座る半円の反対側に築かれた一段高い場所に座っており、両脇に護衛の騎士や執事を従えている。

良一は約一ヵ月前から王都ライアに来ていたが、王城に登城するのは今日が初めてだ。

通常、名誉騎士爵は会議に出席することはないが、今回は陸爵対象者ということで参加を認められている。ちなみに、属国のココノツ諸島出身のココは会議に参加しない。

「近頃、王国全土で不穏な動きがあるが、皆の者には、より一層の王国の繁栄《はんえい》を築いてもらいたい」

カレスライア王国の国王アーサリス六世は六十代の金髪の男性で、顔には年相応にシワが刻まれている。しかしその肉体は顔の印象に反してしっかり鍛えられているのか、痩《や》せすぎや太りすぎといったことはなく、均整《きんせい》が取れた見事な体格だった。そして何より、他者を圧倒する気迫《きはく》があり、その頭に王冠《おうかん》がなかったとしても、一国を治める王の風格《ふうかく》が伝わってくるだろう。

国王による開会宣言が終わり、各大臣や将軍の挨拶へと続く。

日本と同じで、式ではお偉方の長いスピーチを延々《えんえん》と聞き続ける羽目になった。

良一は途中から何度か意識が飛びかけたものの、王の前で眠るわけにはいかないので、あくびを噛み殺してなんとか堪えた。

「財務大臣、ありがとうございました。では一度休憩を取らせていただき、初日の議題である財政会議を行うこととします」

司会役の副団長が休憩を入れたので腕時計を確認すると、国王の開会宣言から二時間ほど経っていた。良一は財政会議には参加しないので、中抜《なかぬ》けさせてもらう。

「石川君、退席するのかい？」

会場から出るにはホーレンス公爵の横を通らなければならないので、案《あん》の定《じょう》話しかけられた。

「すみません」

良一が頭を下げると、公爵は苦笑しながら応える。

「いや、構わないよ。私も毎度、大臣連中の長話を聞かされて、うんざりしているんだ」

会場を出た良一は、廊下の人気《ひとけ》のないところで一息ついていた。

「やっぱり堅苦《かたくる》しい会議っていうのは、慣れていないこともあって変に疲れたな」

凝った体を解《ほぐ》すために伸びをしていると、複数の足音が聞こえてきた。

身なりの良い服装の男女の子供を中心に、数人の騎士と従者を引き連れている。どう見ても王族の方だろう。歳はキリカと同じか、もうちょっと幼いぐらいといったところ。

「お兄さんお兄さん、お兄さんは貴族なの？」

「兄上、失礼ですわ」

良一に目を留めた王子が、気軽な調子で話しかけてきた。

「名誉騎士爵を賜っている、石川良一と申します」

「なんだ、名誉騎士爵か。つまんないな」

「兄上」

良一は失礼がないように膝をついて深々と頭を下げたが、王子様の方はすぐに興味を失ったのか、露骨《ろこつ》につまらなそうな表情をした。

妹の王女がそんな兄を諌《いさ》めるが、全く響いた様子はない。

「王子、行きましょう」

執事の男性が良一には目もくれず、二人を促す。

王子は頷いてさっさと歩いて行ったが、王女はしばし足を止めて――

「カレスライア王国の貴族として王国の発展に尽力していただきたく思います」

言葉をかけてから王子を追いかけていった。

頭を下げたまま王子と王女様を見送ってから、良一は王城を後にした。


宿のラウンジでは、キャリーが新聞を読んでいた。

「あら、良一君。早かったわね」

「ええ。今日の参加予定は開会の挨拶だけですからね」

「次の登城はいつなの？」

「明後日が陞爵者を決める会議で、それで決まったら、明々後日《しあさって》に登城して式典ですね」

キャリーと話していると、暇を持て余していたモアがすかさず駆け寄ってきた。

「あー、良一兄ちゃんおかえり～」

「ただいま、モア」

「良一兄ちゃん、お姫様に会ったの？」

「会ったよ、キリカちゃんと同い年くらいで、可愛いお姫様だったよ」

モアとキャリーと一緒に喋っていると、みっちゃんが外から帰ってきた。

「あれ、みっちゃんは出かけていたのか？」

「はい。魔導機ギルドに呼ばれましたので」

「そっかギルドでは何をしていたんだ？」

「魔導機ギルドが所有する使途不明の魔導機の説明をしていました」

「使途不明って、どんな魔導機があったんだ？」

「たとえば、髭剃《ひげそ》りの魔導機や水を炭酸水《たんさんすい》に変える魔導機ですね」

「なるほど。家電のような物だと、説明書がないと用途が分からないものがあるか」

「そういえば、セア。メアはどうしたんだ？」

「お姉ちゃんは、ミミお姉ちゃんとメメお姉ちゃんのお家で、一緒にマアロちゃんに勉強を教えてもらっているんだって」

「そっか、確か試験まで三週間か。いよいよ追い込みだな」

良一は自分の受験勉強を思い出し、感慨《かんがい》深《ぶか》い気持ちになったのだった。

次の日の陸爵会議では海賊バルボロッサの討伐や貴族令嬢誘拐未遂《みすい》事件での功績が認められ、良一の士爵への陸爵はスムーズに決まった。

そして陸爵式当日。

良一が割り当てられた控え室には、様々な貴族が入れ替わり立ち替わり祝いの言葉を告げに来た。

「石川殿、此度は誠におめでとうございます」

「ありがとうございます。スギタニさん」

ココノツ諸島で出会った外交官のスギタニが、良一の個室を訪ねてきた。

控え室には、良一の他にお客様への対応のためにみっちゃんが付き添っていた。こういう時、人工知能だけあって、完ぺきな作法を身につけている彼女は頼りになる。

ちなみに、他のメンバーは全員、宿で留守番である。

「石川殿、お耳を拝借《はいしゃく》」

形通りの挨拶を交わした後、スギタニが距離を詰めて耳打ちしてきた。

それほど親しいわけではないのに、突然何事かと驚いたが、彼に悪い印象はないので、良一は素直に耳を傾けた。

「今宵《こよい》、陸爵者を集めたパーティが開かれることはご存じであろう。その場で数多《あまた》の貴族達から使用人や家宰《かさい》の提案があると思うが、これは断るのが吉でござる」

「そんな……領地も持っていない俺に使用人や家宰なんて」

「領地の方は、いずれホーレンス公爵殿がメラサル島の未配分地をくださるはずだ。その際、選《え》りすぐった者を家宰や使用人として一緒に送り込むであろうな。しかし、その時すでに家臣がいる立場では、石川殿も色々面倒であろう？　公爵殿の厚意を無下《むげ》にはできぬし、先に召し抱えた家臣を放り出すわけにも行かぬ……」

「ちょっと待ってください。どうしてそこまで貴族が自分を囲い込もうとしているんですか？」

「海賊船を一人で鹵獲《ろかく》した手腕。魔導機への深い造詣《ぞうけい》。まだ王国ではあまり知れ渡ってはいないが、ココノツ諸島でガベルディアス家の当主を回復させた医療術。そして神器を使うAランク冒険者との繋がり。それに、異国の食文化にも精通《せいつう》していると聞く。それらを兼《か》ね備《そな》える石川殿は、貴族として将来有望でござる」

「でも、その大半は周りの力なんですけどねえ……」

自信満々に太鼓判を押すスギタニに、良一は少々困惑する。

「周りの力を纏め上げるのも、石川殿の才。そして、貴族に求められる資質でござる」

「それじゃあ、公爵様からの使用人を受け入れるために、他の奉公《ほうこう》の話を断ればいいんですね」

「それが貴族としての道理でござろう。しかし、公爵様から提案を受けても一度は断られよ。使用人は別として、家宰はできれば石川殿自身が選び、信頼のおける者にした方が良かろう」

スギタニはそう言い残して退室していった。

「良一さん、お茶をもう一杯どうですか？」

「ありがとう。貰おうかな」

みっちゃんが淹れてくれたお茶を飲みながら、スギタニとの会話で出た使用人の話を思い返す。

「使用人って言っても、こっちに来てからずっと、旅暮らしの根無《ねな》し草だからな。ドワーフの里にあるメアとモアの実家も、使用人なんか入りきらないような所だし……」

考えを巡らせていると、部屋の扉を叩く音が聞こえた。

「どうぞ」

良一が部屋の中から声をかけると、タキシード風の黒い礼服に身を包んだ若い男性が部屋に入ってきた。

「石川様、式の準備が整いましたので、会場へお越しいただけますでしょうか」

良一は男性に頷き、陸爵式の会場に向かった。

会場は真っ赤な絨毯が敷き詰められていて、華美なシャンデリアが眩しく照らしている。

会場の壁には、歴代の王様の絵が等間隔《とうかんかく》で飾られている。

奥には王が座るであろう立派な椅子があり、その横には白い儀礼用の鎧を身につけた者が三人並んでいた。

一人は良一もよく知るグスタール将軍。他は老齢の男性と、彼らよりは少し若い四十代の女性だ。

グスタール将軍が軽く手を少し上げて挨拶してきたので、良一も頭を下げて返礼した。

良一が案内の男性に指示された場所に立つと、恐らく他の陞爵者であろう貴族が、豪華な衣服を身に纏って良一の隣に並んでいく。最後にホーレンス公爵と同い年ぐらいの男性が並んで陞爵者は揃ったらしい。

今回の陞爵者は全部で十四名。スギタニが言うには、毎回これくらいなのだそうだ。

全員が揃ったところで、式が始まった。

開会式と同じように王の入場から始まったが、今回は王だけでなく、王妃《おうひ》や王子等、王家の方々が続いた。

「これより、カレスライア王国の発展に尽力し、功績を挙げた者への陞爵式を執り行う」

国王の挨拶が終わると、次にどのような功績を挙げて陞爵するのか説明される。

名前が呼ばれたら、陛下の前で片膝をつき、一言賜って終わり、という流れらしい。

他の者の陞爵理由を聞いていると、長くにわたって王国経済を支えた者や、王国騎士団に長年務めた者が退役する際の特別陞爵、王家主導のインフラ敷設《ふせつ》に尽力した者、領地で鉱山を掘り当てた者など、様々だ。

「石川名誉騎士爵殿」

名前を呼ばれた良一は、今までの陞爵者に倣《なら》って列から進み出て、片膝をつき、頭《こうべ》を垂《た》れた。

「ライア海で悪名を轟《とどろ》かせた海賊バルボロッサの捕縛及び大型ガレオン船の鹵獲。ノースリードの町とサウスリードの町を繋ぐ巨大魔導機橋リード双大橋の修繕。一級犯罪者集団不殺集団の貴族令嬢誘拐の阻止《そし》。以上の功績をもって、貴殿をカレスライア王国士爵へと陞爵する」

功績が読み上げられ、国王が良一の肩に手を触れる。

「汝《なんじ》の王国への貢献を認め、士爵に叙する。これからも精進せよ」

「王国士爵に恥じぬよう精進いたします」

良一が決められた定型文を口にして、陞爵は終わった。

良一が最後だったので、式典もこれで終わりである。

「以上で陞爵式を閉式する」

国王と王妃が最初に退席されて、年齢順に王子、王女が続く。王子は五人、王女は六人で、この場に居るのが全員ならば、十一人兄弟らしい。

皆退出するというわけではなく、従者を伴って会場に残った王子、王女も数人いる。

陞爵者も会場を出たり、参列者と会話をしたりと自由に行動しはじめたので、良一も宿に帰ろうかと考えていると、式に参列していたグスタール将軍が声をかけてきた。

「陞爵おめでとう。石川士爵殿」

「将軍、ありがとうございます」

良一が一礼すると、将軍は隣にいた白い鎧の女性を紹介した。

「こちらの女性は、私と同じく王国軍で将軍を務めている、カーラナ。王国軍の神器隊の隊長だ。いや、石川殿にどうしても挨拶をしたいと頼まれてな」

「カーラナだ。よろしく」

そう言って、カーラナ将軍が手を差し出してきた。

「石川良一です。よろしくお願いします」

良一が握手したところ、彼女の手から凄まじい力を感じた。

「ほう、私の気当《きあ》たりにも動じないか」

カーラナ将軍はぴくりと眉を動かして、圧倒的な力を収めた。

何がなんなのか分からないまま、良一が呆然《ぼうぜん》としていると、グスタール将軍が苦笑しながら教えてくれた。

「石川殿、すまなかった。カーラナは王国軍の中でも生粋《きっすい》の武闘派《ぶとうは》でな。海賊バルボロッサの捕縛やドラゴン討伐の功労者の力を見てみたかったのだそうだ」

「さすがだ。オレオンバーク殿に戦《いくさ》の心構えを習っているのか？」

しばらく会話をしていると、突然二人の将軍が胸に手を当てて敬礼《けいれい》の姿勢をとった。

「将軍、敬礼を解くことを許します」

振り返った良一が見たのは、開会式の後で出会った王女様だった。

「石川士爵、カレスライア王国第五王女、スマルです。王国会議の開会式の後にもお会いしましたよね？」

「ええ。名前を覚えていただいて、光栄です」

「石川士爵に頼みたいことがあるのですが、ご足労《そくろう》願えますか？」

王女は上目遣《うわめづか》いで良一を見上げ、遠慮がちに問いかけた。

「私ができることでしたら」

精一杯大人びた話し方をする少女だが、良一の答えを聞いて、年相応の無邪気な笑顔を見せてくれた。

「実は、私の魔導機を直していただきたいのです」

グスタール将軍とカーラナ将軍に挨拶をしてホールを退席した良一は、侍女《じじょ》に案内されて王城の一室へと通された。

「先代王妃のお祖母《ばあ》様から授かった魔導機なのですが……」

「拝見《はいけん》させていただきます」

スマル王女が差し出してきた小さな箱型の魔導機を受け取り、みっちゃんと一緒に調べはじめる。

みっちゃんは士爵である良一の従者ということになっているので、護衛騎士やメイド達が目を光らせている中では直接みっちゃんが王女とやりとりするのではなく、良一が受け取るというワンクッションが必要である。

「これはオルゴールかと思ったけど……ちょっと違うか？　蓋を開くと同時に電源は入るが、ボタンを押しても反応がないな」

「マスター、私にも拝見させていただけますか？」

　みっちゃんが従者という立場にのっとった態度で接してくるので、良一もこれに従い、王女の許可を得てから魔導機を手渡した。

「私のデータベースに当該品《とうがいひん》はございませんが、TTMコーポレーションの次世代型映像投写機に似ています。恐らく試作機《しさくき》として研究が進められていた魔導機の一つでしょう。修理に関しては魔導回路を確認しないと確かなことは申し上げられません」

　詳細な説明を聞いたスマル王女は、すぐにみっちゃんに魔導機を分解する許可を与えた。

「回路内のいくつかの組み込み魔石が、経年劣化《けいねんれっか》で接触不良を起こしています。私が保有している三角魔導機社製の物でも代用可能ですので、修理を開始します」

　みっちゃんはそう言うと、ものの数分で修理してしまった。

　良一はみっちゃんから魔導機を受け取って、スマル王女へと手渡した。

「確認していただけますか」

　スマル王女は早速蓋を開けて、ボタンを操作しはじめた。

先ほどまでなんの反応も示さなかった魔導機が、ピッピッと操作音を立てている。

「直った！　直りました！」

満面の笑みを浮かべた王女が、良一とみっちゃんに向けて嬉しそうに声を弾ませた。

次いで、魔導機から低く唸るような駆動音《くどうおん》がしたかと思うと、直上に一人の女性の立体映像が映し出され、喋りはじめる。

『私の子孫達が、王家としての責任と矜持《きょうじ》を持ち、国民を導く存在としてあることを願い、その規範《きはん》になればと、この映像を残します』

そこで、スマル王女がボタンを押して映像を止めた。

「石川士爵ありがとうございます。壊れる前よりも綺麗に初代王妃様のお姿が見え、ハッキリとしたお言葉が聞こえるようになりました。これほどまでに的確に魔導機を直していただけるとは、とても優れた従者の方なのですね」

良一はみっちゃんと一緒に頭を下げて、王女の感謝の言葉を素直に受けた。もっとも、彼自身は何もしていないが……

「何かお礼をしなければいけませんね」

「いえ、そんな。王女の笑顔を見ることができて、それが何よりの褒美でございます」

良一はメアのために買った物語の台詞を引用して、上手いこと切り返した。

「あら？　白騎士と赤姫の物語の一節ですね。私もそのお話は大好きです」

内心手応えを感じていたのに、スマル王女は元ネタを知っていたらしく、簡単に返されてしまった。

「石川士爵はお茶目《ちゃめ》な方なのですね。私も王女ではございますが、まだ幼く、大した力もありません。なので、このハンカチーフをお渡しいたします。私が成長し、石川士爵に喜んでいただけるような褒美を用意できた時に、このハンカチーフと交換ということでいかがでしょう？」

「はい。それでは、ありがたく頂戴いたします」

王女からハンカチーフを受け取り、良一とみっちゃんは一緒に部屋を後にした。

式典に続いて夜には王家主催の晩餐会があるので、宿には戻らずそのまま王城に滞在する。

良一達が割り当てられた部屋に戻ると、すぐにスギタニがやって来た。

「石川殿、しばらく姿が見えませんでしたが、スマル王女の部屋に行っておられたとか。して、どんなご用向きでしたかな？」

このスギタニという男、外交官なだけあってなかなかの事情通な上に、かなりのお節介《せっかい》焼きなようだ。

「王女の魔導機が壊れていたので、うちのミチカが修理したんですよ」

「魔導機の修理を！　それで、何か褒美を渡されたのですか？」

「えっ？　いや、まあ……ハンカチを一枚手渡されましたけど」

スギタニが食い気味で次々と質問を重ねてくるので、良一はアイテムボックスに仕舞ったハンカチを取り出してスギタニへと見せた。

ハンカチは絹《きぬ》のような手触《てざわ》りの良い素材でできていて、何やら刺繍《ししゅう》が入っている。

「これは……王家の紋章《もんしょう》ではなく、スマル王女の御母堂《ごぼどう》の生家、リユール伯爵家の家紋《かもん》でござるか。石川殿、早速面倒事に巻き込まれたようですな」

「スギタニさん、嫌なことを言わないでくださいよ」

「いやはや、それがな……王国会議二日目に行われた公共工事に関する議題で提示された、王都東部の大規模要塞《ようさい》の建設。リユール伯爵家とボトモンド伯爵家の両家が、この案件の受注を巡って水面下で工作を行っている最中なのでござる。国土開発院と王国軍の二つから予算が出ているため、両家とも激しく争いはじめている、というわけですな」

「けれど、運良く士爵になっただけで、力もない自分には関係なさそうですけど？」

良一が疑問を投げかけるとスギタニが頷いた。

「両家の最大の強みは、建築用の大型魔導機を数多く保有していること。それらの魔導機を操作し、活用して発展してきたのでござる。魔導機を修理できる石川殿とその従者のミチカ殿は、是非とも囲い込みたいでしょうな」

「そんなにも魔導機を修理する人は少ないんですか？」

「左様。魔導機ギルドも魔導機を製作販売しておりますが、あれらは言わば劣化品。遺跡から発掘されたものや各貴族家に受け継がれている魔導機とは性能が違いすぎます。現状で技術のレベルが追いついていないのですから、修理もままならないという状況ですな」

「確かに、ササキナさんも橋の修理には苦労していたみたいですし……」

「スマル王女のハンカチーフを受け取ったことにより、リユール伯爵家側に縁があると見られて、ボトモンド伯爵家から嫌がらせをされるかもしれませんから、くれぐれもご注意なされよ」

　スギタニはそう言い残して部屋を出て行った。

「なんだか勝手に面倒事が増えていくな……」

「冷めてしまったので、お茶を淹れなおします」

　良一の苦悩《くのう》など露知《つゆし》らず、みっちゃんはいつも通り微笑みながらお茶を淹れてくれるだけだった。

　それからしばらくして、晩餐会が始まる予定の一時間前くらいに、キャリーに連れられてモアとメアとマアロが良一の控え室へとやって来た。

「良一兄ちゃん、来たよ～」

「あれ、そんなドレスを持っていたっけ？」

四人とも綺麗なイブニングドレスに身を包んでいる。

「キャリーさんが作ってくれていたんです」

メアやモアやマアロが、その場でクルッと回って見せてくれた。

「うん似合っているよ。キャリーさんにお礼は言ったのか？」

「もちろん。ありがとう、キャリーさん！」

「ふふふ、モアらちゃんにはありがとうって言葉をたくさんもらったわ。それに、私が作ったドレスを三人に可愛く着てもらえて私も嬉しいわ」

キャリーが身につけているシックな黒いドレスは筋肉質な体のラインを際立《きわだ》たせているが、良一は色々見慣れてしまったので、似合っているように感じる。

晩餐会は多数の貴族が挨拶回りを行うため、立食形式らしく、参加者の家族なども参加することができる。

「ココ姉ちゃんも来ればよかったのに」

「ココは名誉騎士爵の爵位持ちだからな。家族として紛れ込ませちゃったら、他の貴族に示しがつかないとか……まあ、色々あるみたいだよ」

「ふーん、よく分かんない」

晩餐会が始まるまで、良一達は部屋の中で他愛もない会話を続けた。

「そういえば、マアロは今、ミミちゃんやメメちゃんとメアに勉強を教えているんだっけ？」

「そう。三人とも覚えが良い」

「マアロさんは教えるのが上手で、とても分かりやすいです。私もいろんなことを教わって楽しいです」

「メアは特に覚えるのが早い」

「そっか。二人の試験は再来週だっけ？」

「そう。私が教えたから、筆記は完璧」

良一は今一つマアロが勉強を教えている姿が想像できなかったが、メアが大絶賛《だいぜっさん》するので信じることにした。

「良一兄ちゃん、キリカちゃんも晩餐会に来ているんだって」

「そうか、ホーレンス公爵も晩餐会に参加するのかな」

「キリカちゃんに会いにいっていい？」

「うーん、もう少しで会場に向かうから、ちょっと待っていようか。会場に移動したらキリカちゃんに会いに行こう」

「……分かった」

モアはちょっとだけ頬を膨らませて不満を表すが、素直に良一の言うことを聞き入れた。

そうこうしているうちに晩餐会の準備が整い、会場へと移動を促された。

「良一兄ちゃん、早く行こう」

モアはさっきまでの表情とは一転して満面の笑みへと変わり、良一の手を握って移動を急《せ》かす。

メアやキャリーとマアロとみっちゃんも準備はできているようなので、良一は四人を連れて会場へと向かうことにした。

「うわー、きれーい」

「モア、ここではうるさくしたらだめだよ」

晩餐会の会場は壁際《かべぎわ》に多彩《たさい》な料理と飲み物が置かれており、会場の中心では煌《きら》びやかな礼装やドレスを着た老若男女が談笑していた。

「みんな綺麗ですね……」

「貴族はおかしい」

メアとマアロは貴族達に引け目を感じているらしく、小声でささやきあっている。

確かに集まった貴族達を改めて見ると、皆目鼻立ちがクッキリしていて、美形が多かった。しかし、キャリーお手製ドレスを纏い、軽く化粧をしたメア達も、決して見劣りしないくらい可愛い。

良一は贔屓目《ひいきめ》なしでそう思った。

「モア、素敵なドレスね」

　会場の隅の方で晩餐会が始まるまで待っていると、ホーレンス公爵と公爵夫人に連れられて、キリカがやって来た。

「キリカちゃん！　ありがとう。キリカちゃんも可愛いね」

「石川士爵、陞爵おめでとう。君にはこれからも期待しているよ」

「公爵様、ありがとうございます。精進いたします」

　格式張った貴族的な挨拶を済ませた後は、公爵家の方々と少し打ち解けた会話を続けた。

　モアはキリカと楽しそうに話し、メアとマアロとキャリーは公爵夫人とそれぞれのドレスについて話をしている。

　良一と公爵の間では、第五王女のスマルとの一件について話題になった。

「いや、石川君、この話を聞いた時は驚いたよ。私も今回の王国東部の大要塞にメラサル島の資材を卸《おろ》すためにリユールとボトモンド両家に話を進めている最中でね。早速ボトモンド伯爵家からはチクチクと嫌味を言われたよ」

「それは、お手数をおかけしました」

「いや、現状、大規模要塞はリユール伯爵家が受注する筋《すじ》が濃厚《のうこう》だからね。当主のコロッコス殿は娘を王の妃《きさき》へと嫁《とつ》がせるほどの手腕をお持ちだ。王家との繋がりは決して悪いものではない」

「まあ、君も貴族になったばかりで大変だろう。そこでだ。当家から君に何人か奉公《ほうこう》させて、貴族の礼儀や習慣を身につける助けにしてもらいたい」

いつの間にかスマル王女の話から奉公人の話へと変わっていた。貴族の話は気を抜けない。

「そうなんですね」

良一はスギタニの助言を受けて、一旦辞退《いったんじたい》することにした。

「奉公人ですか？　すみません、未だ根無し草な貴族なものですから、今は考えていません」

「うむ、確かにまだ領地もない状態では、使用人がいても仕方がないか。分かった。この件はメラサル島に戻ってから話し合おう」

案外すんなりと公爵が引き下がったなと思っていると、いよいよ晩餐会が始まった。

「今宵はこれからの王国を牽引する貴族として楽しんでいただきたい。乾杯！」

貴族の一人が音頭《おんど》を取って、全員がグラスを掲げる。

公爵は夫人とヤリカを伴い、他の貴族家へと挨拶回りに行った。

貴族同士の話し合いから距離を置きたい良一達は、五人揃って料理に舌鼓を打つ。

そんな中、彼らに声を掛けてきた者がいた。

「石川士爵殿でよろしいかな」

「はい、そうですが」

振り向くと、多数の貴族を引き連れた老齢の男性が微笑んでいた。

「私はリユール伯爵家当主のコロッコスと申します」

突然の大貴族の挨拶に、モアとキャリー以外の全員が固まった。

「ご挨拶が遅れて申し訳ございません。石川良一と申します。よろしくお願いいたします」

「そう硬くならないでいい。君のことは今回の王国会議の中でも数度話が出ていてね。実際に会ってみたく思っていたんだ。なるほど、確かに君からは不思議な力を感じるな」

「気にかけていただき、恐縮です」

「君とはこれからも何度となく一緒に働くことになりそうだ」

そう言ってリユール伯爵は颯爽《さっそう》と去っていった。

「やれやれ、貴族ってのも色々大変そうだな……」

異世界に転移してきてからというもの、成り行きに任せてあちこち旅してまわり、トラブルに首を突っ込んでいるうちに、いつの間にか貴族の端《はし》くれになっていた。

酒を酌《く》み交わし、上品に語らいながら、水面下で駆け引きを繰り広げる……そんな彼らと同じ土俵《どひょう》に立って上手くやっていけるのか、良一の不安は募《つの》るばかりである。

華やかな晩餐会の喧騒《けんそう》の中、良一のため息は妙に大きく響いたのだった。

あとがき

この度は文庫版『お人好し職人のぶらり異世界旅2』をお読みいただき、誠にありがとうございます。作者の電電世界です。

第二巻に入り、主要メンバーが集結しました。主人公の良一、仲間のメア、モア、ココ、マアロ、そして新キャラ二名、キャリーが愛称の美中年おじさんと高性能アンドロイドのみっちゃんです。Webサイトに拙作《せっさく》を投稿《とうこう》し始めた頃、私の中には、この七人が異世界をワイワイ旅するという構想がありました。そのスタート地点にようやく立てた思いです。

私が読んでいるラノベ作品では、新キャラは一巻ごとに投入されるケースが多いのですが、早い段階で全員集合！というのも有りかな、と思っています。

また、彼らには一人一人作者なりの思い入れがあり、執筆していてとても楽しいのですが、作品を書き進めるにあたって苦労した覚えもあります。それは、キャラクターごとの台詞についてです。メアの素直さ、モアの元気さ、ココの清廉《せいれん》さ、マアロの天然さ、キャリーの頼もしさ、みっちゃんのクールさなど、個々の人格が持つ特徴に矛盾《むじゅん》が出ないように、随分と気を使いました。うっかり気を抜いて、キャラの台詞に偏《かたよ》りが出てしまったり、台詞を文字にした際に本来そこに居るはずのキャラが別のキャラにすり替わってしまったり……というミスを防ぐためにですね。

この七人は強い絆《きずな》と深い信頼関係で結びついています。良一は仲間達を心から信じており、彼らも良一のことを疑うことなく信用しています。良一は物凄い能力を持っていますが、最強ではありません。だからこそ、お互いに助け合うことが必要なのです。

海賊や犯罪者集団と戦う時も、彼らの身辺から裏切り者が現れた時でも、仲間達の温かい支えがあったからこそ、良一のお人好しな性格は捻くれることなくまっすぐのままでいられるのでしょう。一人で旅をしていたら戦う必要もない相手ばかりですが、良一のお人好しな性格は、今後もそんな困難な冒険を引き寄せるに違いありません。

そんな七人の旅を、これからも楽しんでいただけたら嬉しいです。

なお、アルファポリスのＷｅｂサイトで公開中のコミカライズも大変、ご好評をいただいております。葉来緑氏による漫画は、話を追うごとにキャラクターの魅力が引き出され、どんどん面白くなってきました。是非、あわせてご覧ください。

最後になりますが、本作を手に取っていただいた読者の皆様、また出版にあたりご協力くださった関係者の方々に、改めて御礼を申し上げます。

二〇二〇年九月　電電世界

大好評発売中!
累計500万部突破!
ゲート SEASON1
大好評発売中!
コミックス
最新17巻
大好評発売中!
単行本
文庫
漫画
●本編1〜5/外伝1〜4/外伝+
●各定価:本体1700円+税
●本編1〜5〈各上・下〉/
外伝1〜4〈各上・下〉/外伝+〈上・下〉
●各定価:本体600円+税
●1〜17(以下、続刊)
●各定価:本体700円+税
スピンオフコミックスもチェック!!
ゲート featuring The Starry Heavens
原作:柳内たくみ
漫画:阿倍野ちゃこ
1〜2
ゲート 帝国の薔薇騎士団 ピニャ・コ・ラーダ14歳
原作:柳内たくみ
漫画:志連ユキ枝
1〜2
めい☆コン
原案:柳内たくみ
漫画:智
●各定価:本体680円+税

大ヒット
異世界×自衛隊 ファンタジー
ゲート
自衛隊
彼の海にて、
斯く戦えり
GATE SEASON 2
1〜4
柳内たくみ 著
Yanai Takumi
単行本
最新5巻
2020年11月下旬
刊行予定!
&
1巻「抜錨編」
待望の文庫化
上下巻分冊で
2020年11月下旬
刊行予定!
ゲート SEASON 2
1.抜錨編
GATE
GATE SEASON 2 WEIGH ANCHOR
自衛隊 彼の海にて、斯く戦えり
柳内たくみ 著
舞台は異世界の海!ゲート海自編、ついに開幕!
海上自衛隊VS
異世界海賊&海軍!
累計420万部!超スケールの自衛隊×異世界ファンタジー!
1〜4巻 好評発売中!
●各定価:本体1700円+税 ●Illustration : Daisuke Izuka

ネットで人気爆発作品が続々文庫化！

アルファライト文庫 大好評発売中!!

転移した異世界は魔獣だらけ!?
もう、モフるしかない。

もふもふと異世界でスローライフを目指します！1

カナデ *Kanade*　　illustration YahaKo

エルフの爺さんに拾われて
もふもふたちと森暮らしスタート!

日比野有仁は、ある日の会社帰り、異世界の森に転移してしまった。エルフのオースト爺に助けられた彼はアリトと名乗り、オースト爺の家にいるもふもふ魔獣たちとともに森暮らしを開始する。オースト爺によれば、アリトのように別世界からやってきた者は『落ち人』と呼ばれ、普通とは異なる性質を持っているというが……。従魔に癒される異世界ゆったりファンタジー、待望の文庫化!

文庫判　定価：本体610円＋税　ISBN：978-4-434-28116-7

アルファライト文庫

この作品に対する皆様のご意見・ご感想をお待ちしております。

おハガキ・お手紙は以下の宛先にお送りください。

【宛先】

〒150-6008 東京都渋谷区恵比寿4-20-3 恵比寿ｶﾞｰﾃﾞﾝﾌﾟﾚｲｽﾀﾜｰ 8F
（株）アルファポリス　書籍感想係

メールフォームでのご意見・ご感想は右のＱＲコードから、
あるいは以下のワードで検索をかけてください。

アルファポリス　書籍の感想　検索

ご感想はこちらから

本書は、2018年8月当社より単行本として
刊行されたものを文庫化したものです。

お人好《ひとよ》し職人《しょくにん》のぶらり異世界旅《いせかいたび》 2

電電世界（でんでんせかい）

2020年 11月 30日初版発行

文庫編集－中野大樹／篠木歩
編集長－太田鉄平
発行者－梶本雄介
発行所－株式会社アルファポリス
〒150-6008東京都渋谷区恵比寿4-20-3恵比寿ガーデンプレイスタワー8F
TEL 03-6277-1601（営業） 03-6277-1602（編集）
URL https://www.alphapolis.co.jp/
発売元－株式会社星雲社（共同出版社・流通責任出版社）
〒112-0005東京都文京区水道1-3-30
TEL 03-3868-3275
装丁・本文イラスト－シソ
文庫デザイン—AFTERGLOW
（レーベルフォーマットデザイン－ansyyqdesign）
印刷－株式会社暁印刷

価格はカバーに表示されてあります。

落丁乱丁の場合はアルファポリスまでご連絡ください。

送料は小社負担でお取り替えします。


ISBN978-4-434-28113-6 C0193